IV
1 D
2

Lb^4_{71}

RELATION

DE LA

CAMPAGNE

EN

BRABANT

ET EN

FLANDRES,

DE L'AN M. DCC. XLVI.

Ouvrage Enrichi de Plans, & d'Ordres de Batailles.

Par M. le Chevalier d'Espagnac, Brigadier des Armées du Roi.

Imprimé fur la Copie de Paris, & fe vend
A LA HAYE, chez
FREDERIC-HENRI SCHEURLEER,
M. DCC. XLVIII.

❦❦❦❦❦:❦❦❦❦❦❦❦❦❦❦❦❦

AVERTISSEMENT.

On trouve chez F. H. Scheurleer un Affortiment général de Livres en *Théologie*, *Morale*, *Juris-
prudence*, *Politique*, *Médecine*, *A-
rithmétique*, *Mathématique*, *Geome-
trie*, *Art de la Guerre*, *Fortification*
Géographie, *Chronologie*, *Histoire Ec-
cléfiaftique*, *Histoire Univerfelle*, *An-
cienne & Moderne*, *Voyages*, *Litté-
rature*, *Poëfie* & autres *Arts & Scien-
ces*; ainfi que les Livres Nouveaux
qui paroiffent journellement. Le tout
à un Prix très raifonnable.

A 2   Co-

Copie de la Lettre de M. le Maréchal de Saxe, à M. le Chevalier D'Espagnac, Brigadier des Armées du Roi.

De Paris, le 2. Fevrier 1747.

J'Ai lû avec plaisir, Monsieur, le Journal Historique de la dernière Campagne en Flandres, que vous avez eu la bonté de m'envoyer: Les faits y sont racontés avec exactitude, & cet Ouvrage sera très-instructif, si vous y insérez les Plans des différens Camps que l'Armée a occupés dans le courant de cette Campagne.

Vous connoissez, Monsieur, les sentimens de mon amitié pour vous.

Signé, M. DE SAXE.

TA-

TABLE

pour l'intelligence des Positions de l'Armée du Roi & de ses Corps détachés, en 1746.

CAMP de Bruxelles, le 3. Mai : la droite à Tervure, la gauche à Harem.

Corps détaché sous Dendermonde.
Corps détaché sous Maubeuge.

Camp de Perk, le 9. Mai : la droite à Velthem vers Louvain, la gauche à Stein sur la Seine.

Corps détaché sous Dendermonde.
Corps détaché sous Bintche.

Camp de Stein, le 11. Mai : la droite à Rosselaer, la gauche à Semps.

Corps détaché à Villebruk.
Corps détaché à Tirlemont.
Corps détaché à Louvain.

Camp de Malines, le 15. Mai : la droite à

A 3

à Herſt, la gauche au-deſſous de Malines.

Corps détaché à Arskot.

Corps détaché à Villebruk.

Corps détaché à Louvain.

Camp de Bouchout, le 18. Mai: la droite à Lier, la gauche à Moor-ſelle, tirant ſur Anvers.

Corps détaché à Brokem.

Corps détaché à Herental.

Corps détaché à Malines.

Corps détaché à Louvain.

Siege de la Citadelle d'Anvers, ɓX ordres de S. A. S. M. le Comt. de Clermont.

Camp de Rangts, le 7. Juin: la droi-te vers Maſſenhoven, la gauche au-deſſous de Vomelghem.

Corps détaché à Contik.

Corps détaché à Mons.

Corps détaché à Louvain.

Camp de Lier, le 8. Juillet: la droite à Iteghem, la gauche à la Nethe, ſous Lier.

Corps détaché tirant ſur Ooſtervik.

Corps détaché ſous Louvain.

Camp

Camp de Vefpelar, le 19. Juillet: la
   droite à Roffelaer, la gauche à Evre.
Corps détaché entre Arskot & Zichem.
Corps détaché entre Semps & Malines.
Corps détaché fous Louvain.

Camp du Park, le 26. Juillet: la droite à la trouée de Méerdal, la gauche à l'Abbaye de Ulierbek.
Corps détaché à Dieft.
Corps détaché à Tirlemont.
Corps détaché à Corterberg, fur la
   chauffée de Bruxelles à Louvain.

Camp de Valhem, le 31. Juillet: la
   droite à Lornot, proche Sauvenier;
   la gauche à Niel Saint Martin.
Corps détaché à Saint Paul.
Corps détaché au cinq Etoiles.
Corps détaché à Vavre & Louvain.
Corps détaché à Conroi le Château.

Changement de la pofition de l'Armée
   du Roi, après la prife de Charleroi:
   fa droite à hauteur de Gemblour, fa
   gauche à la trouée des cinq Etoiles: le
   Corps d'Armée faifant face à Lornot.
Les Corps détachés ni le quartier général n'ont point changé.

             Camp

Camp de Melmont, le 15. Août: la
droite au bois du Sart, la gauche au
Mont Saint André.
Jonction de l'Armée de Conti.
Corps détaché aux cinq Etoiles.
Corps détaché à Geft à Virompont.
Corps détaché à Judoigne.
Corps détaché à Tervure & Louvain.
Corps détaché entre Sambre & Meuse.

Camp du Rofier, le 12. Août: la droi-
te au bois de Rochepaille, la gau-
che à la tombe de Branchon.
Corps détaché aux cinq Etoiles.
Corps détaché du côté de Jandrin.
Corps détaché au Mont S. André.
Corps détaché à Judoigne.
Corps détaché à Tervure & Louvain.
Corps détaché entre Sambre & Meuse.

Camp de Thinne ou Villers, le 19.
Août: la droite à la tombe du So-
leil, la gauche à hauteur de la Ti-
ne, fur la Mehagne.
Corps détaché à Hui.
Corps détaché à Oftermont.
Corps détaché à Valeff.
Corps détaché à Judoigne.
Corps détaché à Heiliffem.

Corps

Corps détaché à Tervure & Louvain.
Corps détaché entre Sambre & Meuſe.

Camp de Bref, le 29. Août: la droite à Bourdine, la gauche à Falais. Il n'y a eu que deux lignes
qui ont pris cette poſition; les deux
autres ont reſté dans leur même
poſition, en - deçà de la Mehagne.
Corps détaché en avant vers Namur.
Corps détaché ſur le Sart en avant
d'Hui.
Corps détaché à la Chartreuſe, de l'autre côté de Liege.
Corps détaché à Ans. proche Liege.
Corps détaché à Tervure & Louvain.
Corps détaché à Dinant.

Camp de Varem, le 5. Septembre: la
gauche au Jar.
Siege de Namur, aux ordres de S. A.
S. M. le Comte de Clermont.
Corps détaché au Fauxbourg de Sain-
te Valburge, proche Liege.
Corps détaché à Ans, proche Liege.
Corps détaché vis - à - vis Viſet.
Corps détaché à Hui.

Corps

Corps détaché à Tirlemont & Louvain.

Camp de Tongre ou de Bethou le long du Jar, le 6. Septembre: la droite à Oreille, la gauche à Tongre.

Corps détaché à Houtain.

Corps détaché au Fauxbourg de Sainte Valburge, proche Liege.

Corps détaché à Ans, proche Liege.

Continuation du siege de Namur.

Corps détaché à S. Tron, Tirlemont & Louvain.

Camp de Tongre ou de Bethou le long du Demer, le 18. Septembre: la la droite au Jar, la gauche à Bilsen.

Corps détaché le long du Jar, à la droite de Tongre.

Corps détaché au Tongelberg, en avant de la droite de l'Armée.

Corps détaché le long du Demer, sur la gauche de l'Armée.

Corps détaché sur le ruisseau de Frere.

Continuation du Siege de Namur.

Corps détaché à S. Tron, Tirlemont & Louvain.

Camp

Camp de Tongre ou de Bethou le long du Jar, le 8. Octobre: la droite à Oreille, la gauche à Tongre.

Corps détaché à Tongelberg.

Corps détaché dans le deaans du ruisseau de Frere.

Corps détaché à la droite de ce dernier, vers la source du ruisseau de Frere.

Retour du Corps détaché pour le fiege de Namur.

Corps détaché à S. Tron, Tirlemont & Louvain.

Camp d'Othey, le 10. Octobre: la droite à Hognoul, la gauche à Neudorp.

Deux Corps détachés fur la droite de l'Armée, dépassant Bierfai.

Deux Corps détachés fur la gauche de l'Armée, tombant fur Glaen.

Corps détaché à Tirlemont & Louvain.

Bataille de Raucoux le 11. Octobre.

L'Armée reprend, le 12. Octobre, la position de Tongre du 8, le long du Jar: les Corps détachés en font

de

de même. Il ne reste qu'un détachement sur le champ de Bataille,
pour la protection du déblai des
blessés.

Division de l'Armée du 16. au 20. Octobre, dont une partie prend la
route de Namur, l'autre partie passe
par S. Tron.

Séparation entiere, le 25. Octobre.

Fin de la Table.

JOUR-

JOURNAL
HISTORIQUE
DE LA
DERNIERE CAMPAGNE
DE
L'ARMÉE DU ROI,
EN 1746.

JE devrois commencer ce Journal, par celui de la prife de Bruxelles: mais comme je me fuis borné à ne parler que des opérations de l'Armée du Roi, je ne rapporterai que ce qui y eft relatif: j'obferverai feulement que l'hiftoire cite peu d'exemples d'un projet plus fçavant, & mieux exécuté que celui de cette Expédition: un Militaire un peu inftruit, y trouve tout ce qui caractérife le Grand Général: la pénétration & l'activité à profiter de la faute qu'a fait un Ennemi, de prendre un quartier d'hyver

en

en l'air, & fans protection : un fecret
d'autant mieux ménagé, que le mouvement même des Troupes ne le dé-
cele pas : une combinaifon admirable
dans les manœuvres de guerre : une
prévoyance concertée qui prévient
tous les befoins : une fermeté fupé-
rieure à tous les obftacles qui furvien-
nent : une hardieffe prefque incroyable, mais judicieufe dans l'entreprife :
un ménagement fingulier des hommes
qui trouvent dans l'aifance qu'on leur
procure, un préfervatif contre les ri-
gueurs de l'hyver & du mauvais tems :
enfin ce qui ne paroît pas vraifemblable, vingt-huit mille Hommes d'Infanterie, qui par la fageffe de celui
qui les mene, en obligent douze mille à fe rendre Prifonniers de Guerre.

L'Expédition de Bruxelles étant ter-
minée, M. le Maréchal de Saxe re-
tourna à Gand. Attentif à tout, il y
régla avant fon départ pour la Cour,
les difpofitions capables d'affurer fa
nouvelle conquête, & de lui donner
le tems de venir à fon fecours, fi M.
le Prince de Waldek qui fe renfor-
çoit tous tous les jours, avoit envie
de l'infulter.

Ces

Ces arrangemens faits, M. le Maréchal de Saxe partit pour Versailles; il y fut reçu du Roi, avec les marques les plus diftinguées de bonté & de bienveillance : jufte fruit de fes mérites. La Nation de fon côté lui témoigna par les empreffemens les plus marqués & par fes applaudiffemens, une reconnoiffance d'autant plus flatteufe, que les motifs n'en étoient point équivoques.

M. le Maréchal de Saxe étoit attendu à la Cour, pour les projets de la Campagne fuivante : ce Général, en y arrivant, en préfenta un qui fut agréé. C'eft ce même projet qui a fervi de baze à toutes ces belles opérations qui ont décidé des fuccès de cette Campagne, une des plus glorieufes, dont les Annales de ce Royaume puiffent faire mention.

M. le Maréchal de Saxe ne s'arrêta pas long-tems à Verfailles, il repartit vers la mi-Avril pour fe rendre en Flandre, fa préfence y étoit néceffaire pour difpofer tout pour l'ouverture de la Campagne, & pour l'arrivée du Roi.

Toutes les Troupes qui devoient
com-

compoſer l'Armée du Roi, & qui à cet effet avoient été raſſemblées en Flandre ou en Haynaut, eurent ordre de partir le premier de Mai de leurs différents quartiers, pour aller camper partie ſous Bruxelles, partie ſous Dendermonde.

Vingt-quatre bataillons & trente-ſept eſcadrons détachés de l'Armée deſtinée pour S. A. S. M. le Prince de Conti, étoient déja en marche des Evêchés pour la Flandre, ils devoient arriver ſous Maubeuge le 5. de Mai, & y former un troiſiéme camp, aux ordres de M. le Comte d'Eſtrées, qui étoit ſous ceux de M. le Maréchal de Saxe.

Voici quel étoit l'objet de ces trois corps de Troupes.

Celui qui avoit ſon rendés-vous ſous Bruxelles, étoit le véritable corps d'armée, & devoit ſeul être chargé des premieres Expéditions.

Le Corps qui s'aſſembloit ſous Maubeuge, aux ordres de M. d'Eſtrées, devoit donner des inquiétudes ſur Mons, Charleroy & Namur, & ſervir réellement dans la ſuite à en faire les Siéges.

Le

Le Corps deſtiné pour Dendermonde, devoit protéger du côté de l'Eſ-
caut, les premières Opérations. On
l'avoit compoſé quaſi tout de Cavalerie, parce qu'il étoit placé commodé-
ment pour les fourages, qui étoient
fort rares du côté de Bruxelles.

Le mouvement général des Troupes fût précédé de celui de quelques
Troupes Légeres, & du Régiment
des Carabiniers, qui ſe rendirent le
30. Avril à Vilvorde, ou dans ſes environs.

M. le Maréchal de Saxe partit de
Gand le premier Mai, il arriva à Bruxelles le même jour & il fut dès le
lendemain reconnoître le Camp qu'il
vouloit prendre de l'autre côté de cette Ville: ce Camp fut marqué le 3;
ſans que l'Ennemi qui fit ſortir ce
jour-là quinze cens hommes de Louvain pour nous reconnoître, oſât nous
inquiéter.

Toutes les Troupes qui devoient ſe
raſſembler ſous Bruxelles, y arriverent
du trois au quatre; elles y camperent
ſur deux lignes, la droite à Tervure,
la gauche à Harem. La Cavalerie &
les Dragons camperent à la droite,

B   par-

parce que le Païs y étoit découvert. Les Carabiniers feuls fermerent la gauche de la premiere ligne , l'Artillerie fut parquée en avant de cette gauche.

Les deux tiers du front du Camp, étoient couverts des ruiſſeaux de Voluve & de Veſſembek.

Quatre Régimens d'Huſſars camperent en avant de l'aîle droite à Tervure & à Ophem, celui de Boſſobre reſta dans Lakem, l'on laiſſa dans Vilvorde les Graſſins & les la Morliere pour veiller ſur Malines. Deux Brigades d'Infanterie & un Régiment de Dragons occuperent Auderghem & Flergat derriere la droite, tant pour aſſurer la communication de cette droite à Bruxelles, que pour maſquer la Forêt de Soignies & le côté de Mons.

L'on ſera ſans doute bien aiſe d'être inſtruit de quelle façon l'on a raſſemblé cette partie principale de l'Armée.

La premiere colomne de la droite compoſée de ſeize Bataillons & de vingt-deux Eſcadrons, partit des environs de Maubeuge, aux ordres de M. de Clermont Gallerande, & ſe ren-

rendit dans quatre jours fous Bruxelles : paffant par Bintche, le Piéton & Vatterlo.

La deuxiéme Colomne de la droite au nombre de quinze Bataillons & de vingt-deux Efcadrons, partit de Condé, Mortagne ou d'Ath, aux ordres de Meffieurs de Graville & d'Armentieres : & arriva dans trois jours fous Bruxelles : paffant par Halle, & la Seine au Pont de Ruisbruk.

La troifiéme Colomne de la droite compofée de treize Bataillons & de neuf Efcadrons, partit de Tournai aux ordres de M. de Brezé : & arriva dans trois jours fous Bruxelles : paffant par Gramont & la Seine dans Bruxelles.

La quatriéme Colomne de la droite compofée de quinze Bataillons & de cinq Efcadrons, partit d'Oudenarde aux ordres de M. de Contades, & arriva dans trois jours fous Bruxelles, paffant par Ninove & la Seine dans Bruxelles.

La cinquiéme Colomne de la droite compofée de vingt Bataillons & de dix Efcadrons, partit de Gand ou de Dendermonde aux ordres de M. d'Herouville Maréchal de Camp, & fe

B ren-

rendit dans trois jours fous Bruxelles, paſſant par Aloſt & la Seine au Pont de Lakem.

L'Artillerie arriva par la chauſſée d'Aloſt, & traverſa Bruxelles.

En même tems qu'on forma le Camp fous Bruxelles, toute la Cavalerie qui avoit hyverné dans la Flandre ou Païs conquis, ſe raſſembla au nombre de quatre-vingt quatre Eſcadrons fous Dendermonde, aux ordres de M. du Chaila : vingt Bataillons dont douze de Milices deſtinés à camper, & huit de Grenadiers Royaux marcherent auſſi aux mêmes ordres, cependant la plûpart de ces Troupes n'arriverent dans ce Camp qu'après le paſſage du Roi : ce Corps ayant été chargé de placer pour la ſûreté de ſa marche, des eſcortes, tant d'Infanterie que de Cavalerie, depuis Lille juſqu'à Bruxelles : il continua même pendant un tems à fournir des détachemens à Gand, Aloſt & Bruxelles.

Le Roi impatient de ſe voir à la tête de ſon Armée, arriva à Bruxelles le 4 de Mai, jour auquel le Camp achevoit de ſe former : Sa Majeſté monta à cheval le lendemain ; elle ſortit

tit par la porte de l'attaque , vit enfuite la gauche de l'Armée , & avant
de rentrer , elle vifita une partie des
glacis, & les nouveaux Ouvrages que
M. de Lowendal avoit fait faire depuis la prife de la Ville. Les Ennemis étoient pour lors campés: leur
droite à Malines qu'ils occupoient:
leur gauche s'allongeoit jufqu'à l'Abbaye de Ulierbek, proche Louvain,
ayant la Dille devant eux: ils tenoient
cette pofition pour mieux veiller fur
nos mouvemens, qui les inquiétoient
d'autant plus qu'ils ne pouvoient pas
pénétrer quel étoit le véritable objet
du Corps que nous raffemblions fur la
Sambre.

Mrs. de Lowendal, d'Armentieres
& de Cremille, partirent le 6. de Mai
du Camp de Bruzelles, avec un gros
détachement pour aller en avant reconnoître le païs: ayant appris fur
leur route que les Ennemis avoient
abandonné Louvain; ils y marcherent: les Troupes legeres qui faifoient
leur avant garde, rencontrerent près
de cette Ville un détachement d'Huffars Ennemis qu'ils poufferent, &
auquel ils firent quelques prifonniers.

M.

M. de Lowendal paſſa la nuit dans Louvain, & ne rentra que le 7. au matin: mais Mrs. d'Armentieres & de Cremille revinrent au Camp le 6. au ſoir.

Le 7. les Ennemis repaſſerent le Demer, & porterent leur gauche ſur Dieſt: ils ne laiſſerent en deça du Demer que des Detachemens.

La Brigade des Gardes arriva du 7. au 8. à Bruxelles: elle campa en réſerve derriere l'Armée: ſa gauche à la chauſſée de Louvain.

Le Roi donna ordre le 8. que l'Armée marcheroit le 9. ce qu'elle fit ſur ſept Colonnes: elle fut camper dans le même ordre qu'au Camp de Bruxelles: ſa droite à Velthem: ſa gauche à Stein ſur la Seine: la Brigade des Vaiſſeaux entra dans Louvain, auquel les Dragons & les Huſſars appuyerent leur droite. Les Graſſins & les la Morliere reſterent à la gauche, & occuperent Elüeit: le Regiment de Boſſobre campa auprès de Vilvorde.

Le Roi prit ſon quartier à Perk: le quartier général fut à Melsbruk.

Ce même jour 9. M. le Maréchal avoit marché avec un gros détachement à la tête des Campemens: il s'étoit por-

porté fur la Dille vers Malines, par le côté de la Seine, pendant que M. de Clermont Gallerande defcendoit avec un autre Détachement la rive gauche de la Dille jufqu'à hauteur de Rof-felaer.

M. le Maréchal avoit pour objet dans cette promenade d'examiner le païs, & s'il y avoit moyen de camper fur la Dille, vis-à-vis Malines: fur le compte qu'il en rendit au Roi, Sa Majefté ordonna que l'Armée féjour-neroit le 10. Ce féjour fut donné pour préparer les marches extrémement dif-ficiles à ouvrir dans un païs auffi coupé.

L'Armée marcha le 11. fur fix Co-lomnes: elle porta fa droite vis-à-vis Roffelaer, que les Graffins occupe-rent, fa gauche appuïa à la Seine, un peu en deçà de Semps. Comme les Ennemis avoient encore le 10. des dé-tachemens fur la Dille, & nommément à Roffelaer: il n'étoit pas poffible d'y porter notre droite tant qu'ils y fe-roient: M. de Berchiny, qui fut com-mandé pour les en chaffer, marcha a-vec un gros détachement la nuit du 10. au 11. il paffa la Dille à Louvain, & defcendit cette Riviere par fa rive droi-

B 4   te

te jufqu'à Roffelaer, qu'il trouva occupé par les Graffins, qui y avoient
marché par la rive gauche. M. de Berchiny fit poufler jufqu'à Arfcot tout
ce qu'il trouva d'Ennemis fur fa marche, & rentra enfuite dans le Camp.
Toute la Cavalerie campa dans ce
Camp en feconde ligne : une Brigade
d'Infanterie, & un Regiment de Dragons camperent entre Vert & Semps.
Le Regiment de la Morliere fut poufflé
le long de la rive gauche de la Seine,
au-deflous de Semps. L'on avoit
retabli dès le 9. deux ponts fur la
Seine entre Vert & Eppéghem.

La Roi prit fon quartier au Château
de Stein : le quartier général fut à Eppéghem.

La nuit du 11. au 12. les Ennemis
attaquerent en force le pofte de Roffelaer : mais ils y furent repouflés, &
contraints de fe retirer avec perte.
Cette attaque n'avoit fans doute pour
but, que de mafquer leur retraite ; car
l'on s'apperçut le 12. au matin qu'ils
avoient abandonné la Dille : l'on fut
informé en même tems qu'ils éva-
cuoient Malines. Sur cet avis, M. le
Chevalier de Belifle & M. le Prince de
Sou-

Soubife eurent ordre de s'avancer fur
Malines, avec les trois brigades d'Infanterie de Piedmont, d'Auvergne,
& du Roi qui fermoient la gauche: à
leur approche cette Ville fe rendit,
& l'on y fit quelques prifonniers. Un
moment auparavant un Détachement
du Régiment de la Morliere avoit ef-
caladé Malines; mais l'Ennemi qui s'é-
toit apperçu que ce Détachement n'é-
toit pas foûtenu, l'avoit repouffé,
après lui avoir tué quelques hommes.

L'on ne fera pas fâché de fçavoir la
caufe de l'abandon de la Dille par les
Ennemis, d'autant mieux que cette
époque forme un de ces événemens de
guerre inftructifs, & qui décident de
la capacité d'un Général. Il paroiffoit
vraifemblable que les Ennemis défen-
droient la Dille, les bords en font
mauvais & marécageux; de plus fa
communication avec le Demer préfen-
te un prolongement de ligne difficile à
forcer: l'on fçavoit auffi que les Ennemis avoient réparé Malines & Arfcot,
& qu'ils avoient élevé des épaulemens
le long de la Dille avec des communications, pour s'y porter de leur
Camp. Toutes ces confidérations firent

fen-

fentir à M. le Maréchal de Saxe, que
tant qu'il ne feroit pas plus en force,
il auroit peine à dépofter l'Ennemi: il
propofa donc au Roi de raffembler toutes les Troupes fur la Ruppel la Dille
& le Demer, il fit connoître que
c'étoit le vrai moyen d'embarraffer
l'Ennemi qui feroit ainfi foible par
tout. En conféquence de ce projet
que le Roi agréa, l'on envoya ordre
à M. du Chaila de s'avancer le 11e. au
Grand Villebruk ; & à M. le Comte
d'Eftrées, de fe porter diligemment
fur Tirlemont.

Sur la nouvelle de ces mouvemens,
l'Ennemi qui fe voyoit tourner par fa
gauche, prévit l'embarras où il alloit
fe trouver ; & dans la difficulté de
foûtenir une défenfive auffi critique, il
aima mieux abandonner la Dille, & fe
retirer derriere la Néthe.

L'on fit marcher le 12. au foir quatre cens hommes à Hacht, pour protéger la conftruction de deux ponts
qu'on devoit y jetter : un Détachement
de nos Huffars eut ordre en même
tems de paffer fur un pont volant, pour
obferver les Ennemis.

L'on avoit laiffé cependant dans
Lou-

Louvain la Brigade des Vaiſſeaux, &
celle de Cavalerie de Royal Pologne,
le tout aux ordres de M. du Muy,
pour la protection des convois qui devoient aller de Louvain à Tirlemont.

Le 15. au matin, l'Armée paſſa la
Dille ſur ſept Colomnes, elle porta ſa
droite vers les hauteurs de Berſel, ſa
gauche appuya à la Baſſe Dille : la Cavalerie campa comme au camp précé-
dent, en ſeconde ligne : nos Dragons
& nos Huſſars camperent à la droite
de l'Infanterie Les Graſſins & les la
Morliere furent placés à Itéghem & à
Ghiſtel, le long de la groſſe Nethe.

M. le Maréchal étoit allé dès le 13.
reconnoître ce Camp, qui fut marqué
ſous la protection d'une avant-garde
conſidérable que commandoit M. le
Duc de Richelieu, lequel ſe tint toute
la journée, vis-à-vis Lier & Duffel,
où les Ennemis avoient deux ponts : il
y eut quelques coups de fuſils de tirés
à cette avant garde, mais ſans perte
de part ni d'autre.

Le Roi prit ſon quartier dans Malines, M. le Maréchal de Saxe ſe logea
dans le Faubourg du côté de Lier.

M. du Chaila avoit en arrivant à
Vil-

Villebruk, fait jetter un Pont fur le Canal de Bruxelles; ce Pont fait, il avoit fait prendre pofte à Effem, & pouffé une Brigade d'Infanterie & une de Cavalerie à Blaufvelt.

Les Ennemis en abandonnant la Dille, avoient laiffé fur les Gettes trois cens Huffars qui s'étoient embufqués dans la Forêt de Soignies, d'où ils faifoient des Courfes jufqu'aux portes de Bruxelles, mais M. le Maréchal avoit affuré la communication de l'Armée avec cette Ville, en faifant cantonner fon Regiment de Volontaires du côté de Bruxelles, & en envoyant dans Vilvorde le Regiment de Boffobre.

En méme tems que l'Armée paffa la Dille, M. le Comte d'Eftrées eut ordre de marcher le méme jour à Arfcot, pour fe rendre le 16 à Vefterlo, & prendre pofte le 17 à Hérental.

L'intention du Roi étoit de couper la retraite aux Ennemis qui étoient encore derriere la Néthe, & de les renfermer dans le Baffin d'Anvers; à cet effet Sa Majefté envoya reconnoître les bords de la groffe Néthe, avec les endroits propres à y jetter des Ponts: M. le Maréchal de Saxe fe char-

chargea d'aller en perfonne le 17 vifiter les bords de cette Riviere, il apprit chemin faifant, à Itéghem, que
les Ennemis s'étoient retirez de Gro-
bendonk, qu'il envoya occuper fur le
champ par les Graffins : informé en
paffant à Ghiftel qu'un Détachement
de la Morliere étoit entré dans Lier
que les Ennemis avoient abandonné,
il ordonna à M. de Berchiny d'aller
prendre au Camp les Dragons & les
Huffars pour fe porter de l'autre côté
de Lier, où il fit entrer les Brigades
de Picardie & de Crillon, & le Regiment de la Morliere.

Comme M. le Maréchal revenoit à
Malines, pour faire part au Roi de
ces difpofitions, il trouva Sa Majefté
à la tête de la ligne ; le Roi s'arrêta
dans le Village de Putte, & y donna
l'ordre, par lequel l'Armée devoit
marcher le jour fuivant pour paffer la
Néthe, ce qu'elle fit fur cinq Ponts,
dont quatre furent jettez dans la nuit ;
fçavoir, deux au deffus ou au deffous
de Lier, un troifiéme à Duffel, & le
quatriéme à Walem, l'on fe fervit pour
le cinquième du Pont de Pierre qui eft
dans Lier.

L'Ar-

L'Armée ayant paſſé la Néthe, campa ſur deux lignes & en ordre de Bataille, parallelement à la chauſſée de Lier à Anvers qu'elle avoit ſur ſon front, elle appuya ſa droite à Lier, ſa gauche tiroit ſur Anvers : il avoit d'abord été réſolu de mettre le quartier du Roi à Contik ſur la chauſſée de Malines à Anvers, mais avant l'arrivée de Sa Majeſté il fut établi dans Lier, d'où les Brigades de Picardie & de Crillon ſortirent pour rentrer en ligne.

La Brigade des Gárdes campa devant Lier & entre les deux Néthes: les Carabiniers couvrirent le quartier général, qui fut placé dans quelques maiſons en-dehors de la porte de Lier, vers Anvers.

Monſieur de Berchiny, qui la veille avoit paſſé la Néthe dans Lier, n'avoit pû atteindre les Ennemis, qui ſe retirerent d'abord entre Anvers & Ekerem, & de-là gagnerent Breda par les bruyeres de Braxhathen, voyant qu'ils avoient trop d'avance ſur lui, il ne dépaſſa pas Brokem. Comme ce poſte protégeoit notre droite, il eut ordre de s'y tenir, & de ſe com-

communiquer par des Détachemens avec Monsieur le Comte d'Estrées, qui étoit pour lors à Hérental.

Le Roi en partant de Malines, avoit fait avancer une Brigade d'Infanterie du Corps de M. du Chaila, pour occuper cette Ville: cet Officier Général avoit eu ordre en même tems de faire sommer le Commandant du Fort Sainte Marguerite, qui ayant demandé les honneurs de la guerre, les obtint par rapport à la conséquence de ce poste. Dès qu'on fut maître de ce Fort, M. du Chaila vint camper dans le Bassin de Malines, il y arriva le vingt-deux avec trente-six Escadrons seulement, ayant laissé une partie de ses Troupes en arriere, pour la protection des Convois.

Dans la journée du 19. le Roi changea son quartier, & le porta à Bouchout entre les deux chaussées de Lier & de Malines: la Brigade des Gardes marcha pour le couvrir.

Les Magistrats d'Anvers vinrent ce même jour rendre compte au Roi, que les Ennemis avoient abandonné la Ville, & qu'ils avoient laissé une garnison de seize cens hommes dans la Ci-

Citadelle. Sur cet avis, Sa Majefté
fit partir le 21. au matin un gros Détachement aux ordres de M. de Brezé, tant pour prendre pofte dans Anvers, que pour reconnoître les environs de la Citadelle : M. de Brezé
envoya, chemin faifant, occuper les
Forts d'Oftervelt & de S Philippe, où
l'on ne trouva que cinq hommes qui
furent prifonniers.

L'Armée arrivant à Lier, le Régiment de la Morliere avoit été pouffé
à Rants: un Détachement de ce Régiment ayant rencontré fix cens Huffars des Ennemis proche Vineghem,
les attira par une fuite fimulée, dans
une embufcade, où les Ennemis perdirent nombre d'hommes & de chevaux. Ils étoient campés pour lors
fous le canon de Breda avec leurs Troupes légeres à Hoogftraten.

Le 21. au matin, les Brigades de
Cavalerie du Roi & d'Orléans, &
celles d'Infanterie d'Auvergne, Bauvoifis, Sedorff & Bettens, fuivies de
huit Bataillons de Grenadiers Royaux,
& d'un Bataillon de Royal Artillerie;
formerent la circonvallation de la Citadelle d'Anvers. S. A. S. M. le
Com-

Comte de Clermont à qui le Roi avoit confié la direction de ce fiége, marcha à leur tête: il avoit fous fes ordres M. de Brezé, Lieutenant Général, & Mrs. de Thomé, Sedorff, d'A varey, Froulay, la Vauguion, Duc d'Havré, la Peiroufe, Choifeuil, la Marche & d'Autane, Maréchaux de Camp. Les Ennemis qui avoient été tranquilles jufqu'alors, commencerent ce jour-là à tirer.

Un parti des Graffins & un Détachement du Corps de Monfieur d'Eftrées s'étant rencontrés à Velkelerzande, & ne s'étant point reconnus, fe fufillerent les uns les autres: cette méprife fut occafionnée par la rencontre que firent les Graffins de cinquante Huffars des Ennemis, qu'ils pouffe rent fur le Détachement de Monfieur d'Eftrées: ils profiterent du défordre pour fe fauver, & il n'y en eut que deux de pris.

L'on travailloit à force aux préparatifs du fiége de la Citadelle d'Anvers, l'on avoit même pour mieux barrer les Ennemis du côté de l'Efcaut fait occuper l'ouvrage qui eft vis-à-vis Anvers, nommé la tête de Flandre.

C   M.

M. le Maréchal de Saxe, & M. le
Comte d'Argen fon Miniftre de la
guerre, avoient été conjointement
avec S. A. S. M. le Comte de Clermont
reconnoître la partie de la Citadelle
qu'on fe propofoit d'attaquer, tout é-
tant difpofé pour l'ouverture de la
tranchée; elle fut décidée pour la nuit
du 25. au 26. Je n'en rapporterai point
ici les Bulletins, ayant renvoyé à la
fin *de ce Journal*, le détail de ce fiége, ainfi que de ceux de la Ville &
des Châteaux de Namur.

Les Ennemis firent le 22. leur dernier mouvement rétrogradé, ils porterent leur droite à Terheyde, leur
gauche tiroit fur Gertruydemberg:
pour proteger cette manœuvre, M. de
Baronay qui commandoit à Hogftra-
ten, pouffa de gros poftes à Veftma-
le & Ooftmale; M. le Duc de Chevreufe fut envoyé du Camp de Brokem pour reconnoître ces mouvemens; il s'avança jufqu'à la tête des
bois d'Hoyendonk; mais ayant apperçu dans la Plaine d'Ooftmale trois Régimens d'Huffars & un de Croates, il
fe réplia par Santhoven, fans que les
Ennemis bien plus forts que lui, euffent
ofé le fuivre.   Tous

Tous les avis s'accordoient que les Ennemis n'avoient fait leur dernier mouvement que dans l'envie de se couler par Bois-le-Duc sur Grave, où ils devoient être joints par les renforts qui leur venoient d'Allemagne ; l'on ajoûtoit qu'ils avoient fait partir leurs équipages pour Ruremonde, passant par Eyndhoven ; en conséquence Messieurs de Fiennes & de Coetlogon eurent ordre de partir d'Herental le 22. avec un Corps de trois mille Hommes, parmi lesquels six cens Dragons & quatre cens Hussars détachez du Camp de Brokem : le tout devoit se rendre à Hamond dans la Campine Liégeoise, pour enlever à leur passage les équipages des Ennemis. Ils en furent sans doute instruits : car leurs équipages eurent contre-ordre : notre Détachement revint sans avoir rien pris ; mais non sans avoir donné beaucoup d'inquiétude aux Ennemis pour leur communication avec la Meuse.

Ce fut dans ce tems-là qu'on agita chez le Roi si l'on iroit attaquer les Ennemis, qu'il paroissoit vraisemblable que nous battrions, vû notre supériorité, l'avis contraire prévalut.

C 2   Vo<

Voici pourquoi. L'on ſçavoit que les
Ennemis avoient fait travailler à des
retranchemens le long des digues, derriere leſquelles ils pouvoient ſe poſter:
& même y vivre long-tems au
moyen des ſubſiſtances que la Hollande pouvoit leur fournir, & comme
les environs de Breda ne ſont que des
bruyeres, l'on craignit d'intéreſſer la
gloire du Roi, ſi cette affaire devenant un Procès de longueur, le défaut
de vivres nous obligeoit de nous retirer. Il fut donc réſolu que l'on ne
marcheroit point aux Ennemis, mais
que pour employer cependant les
Troupes à quelque choſe d'avantageux, l'on feroit un gros Détachement pour Mons, dont S. A. S. M.
le Prince de Conti devoit faire le ſiége, ce Prince devoit y joindre un renfort de Troupes de ſon Armée plus
ou moins conſidérable, ſuivant la deſ-
tination & la route que prendroient
les Troupes que la Reine de Hongrie
avoit à Heilbron, ou qu'elle faiſoit
marcher de Bohême.

Le 27. M le Maréchal de Saxe chan-
gea de quartier, & alla s'établir au
Château de Zevenberghem proche
Rangts

Rangts d'où le Regiment de la Morliere fortit pour aller fur la grande
Schinne à Vineghem & Emmerfel.
Le Regiment des Volontaires de Saxe
& les Grenadiers de la Brigade d'Orleans fuivirent Monfieur le Maréchal,
pour couvrir provifionnellement fon
quartier, en avant duquel la Brigade
d'Infanterie d'Orleans alla camper le
lendemain; les Volontaires de Saxe
à fon arrivée allerent occuper Vineghem & Emmerfel & le Regiment de
la Morliere fe porta dans les environs
de Santhoven: foit que ces mouvemens donnaffent de l'inquiétude aux
Ennemis, foit qu'ils vouluffent protéger un Corps de Troupes legeres
qu'ils pousferent le 27. du côté d'Herental, quatre cens de leur Huffars
prirent pofte le 28 au matin à Brecht,
& leurs Compagnies Franches à Veft
Vefel; ils n'oferent pourtant point attaquer un de nos Détachemens qui
pouffa jufqu'à Ekerem, ils ne tarderent même pas à fe replier fur Hog-
ftraten.

M. le Comte d'Eftrées partit d'Herental le 28 Mai, avec le Corps de
Troupes qui étoit fous fes ordres, pour

C 3   al-

aller ce même jour à Vesterlo, & le lendemain à Arscot; la veille de son départ d'Herental, le feu prit par accident à cette Ville, & en consuma une partie avec un magasin de foin qu'on étoit occupé à déblayer pour le transporter à l'Armée

Malgré le départ de M. d'Estrées les Grassins resterent à Grobbendonk, tant à cause de la bonté du poste qu'à cause du voisinage de M. de Berchiny qui étoit toujours à Brokem.

Le Regiment de Bossobre & les Volontaires de Saxe vinrent le 29. occuper Ghistel, Itéghem, & Vavre Notre-Dame pour couvrir la communication de Malines à Lier & à Anvers.

La Maison du Roi qui étoit restée jusqu'alors à Gand, s'avança en même tems dans les environs de Dendermonde.

M. le Maréchal toujours attentif au soulagement du Soldat, ayant représenté au Roi que son Armée étoit suffisamment gardée par les différens Corps de Troupes qui la couvroient; Sa Majesté ordonna qu'à commencer du 28., l'Armée ne fourniroit plus de grands gardes.

Il

Il nous venoit cependant une grande quantité de déferteurs, particulierement de Pandoures & autre Infanterie Hongroife; dans la crainte que ces gens qui entroient dans le Royaume, n'expofafent la fûreté des chemins par leur nombre & par le manque du néceffaire, qu'ils ne pouvoient demander faute de pouvoir fe faire entendre, le Roi donna une Ordonnance pour la formation d'une Compagnie Franche de Croates à qui l'on affigna Gand pour fon quartier d'affemblée.

Le 31. au matin, le Commandant de la Citadelle d'Anvers arbora le Drapeau blanc, & la Capitulation fut fignée le premier Juin: elle portoit que la Garnifon uniquement compofée de Détachemens Autrichiens fortiroit avec les honneurs de la guerre, deux pieces de canon & un mortier pour fe rendre à l'Armée des Alliés. Le Commandant de la Citadelle s'engageoit en même tems à livrer le Fort fainte Marie fitué fur la rive gauche de l'Efcaut, à l'oppofite du Fort faint Philippe.

M. le Comte d'Eftrées étoit arrivé

C 4   le

le 30. à Louvain, il y séjourna le 31.
d'où il se rendit le premier Juin à
Vavre, le 2. à Genap, le 3. à Pont-
à-Celle & le 4. aux Estinnes, proche
Bintche. Les Ennemis avoient envoyé après lui un gros Corps d'Hussars. mais bien loin de réussir dans
le projet qu'ils avoient d'inquiéter sa
marche, une partie faillit à être pris
par un Détachement du Régiment de
Monaco, ce qui s'en échappa ne dut
son salut qu'en passant la Dille à la
nage.

Le mouvement de M. le Comte
d'Estrées sur Genap, & de-là sur Bintche, joint à l'envoi qu'il fit d'un Corps
de dix-huit cens hommes du côté de
la Sambre aux ordres de M. de Beau-
preau, jetta l'allarme dans Charleroy
qu'il sembloit par-là menacer, celui qui
commandoit dans cette Place demanda du secours au Gouverneur de Mons,
qui donnant aussi dans le piege qu'on
leur avoit tendu, fit un Détachement
de sa Garnison pour Charleroy.

La Capitulation d'Anvers signée, le
Roi donna ordre à M. le Duc de Boufflers de partir le 2. de Juin pour se
rendre par Malines, Bruxelles, Halle
&

& Soignies devant Mons, les Troupes qui devoient le fuivre confiftoient
en dix-fept Bataillons & en vingt-un
Efcadrons, dont feize Efcadrons devoient le joindre à Bruxelles. M. de
Monnin Lieutenant Général, Meffieurs d'Agueffeau, Marquis du Muy,
de Blet, Duc de Lauraguais & d'Eftré-
han Maréchaux de Camp furent com-
mandez pour fervir fous lui.

Comme les Efcadrons que M. le
Duc de Boufflers devoit prendre à
Bruxelles étoient détachez dans Louvain, Bruxelles, Vilvorde, Afche &
Aloft ; M. du Chaila eut ordre de les
faire remplacer par douze Efcadrons
de ceux qui étoient campez fous Malines. Les quatre Bataillons de Milices de la Brigade de Micaut eurent
ordre de pareillement le 3. de venir
camper ce même jour de Dendermonde à la tête de Flandre.

Le 4. Juin le Roi fit fon entrée dans
Anvers, Sa Majefté y fut reçue aux
acclamations du Peuple & avec beaucoup de démonftrations de joye, Sa
Majefté logea dans l'Abbaye de faint
Michel, la Brigade des Gardes fut
camper ce même jour fur les glacis

d'And'Anvers, entre le Fauxbourg de Borgherout & celui de Damme.

La Citadelle d'Anvers prife, la pofition de l'Armée devoit changer, en conféquence le Roi donna ordre le 6. que l'Armée marcheroit le jour fuivant, elle marcha fur fix colonnes & alla appuyer fur deux lignes fa droite au-deffus d'Olleghem, fa gauche à Emmerfel, les Carabiniers camperent en réferve à la gauche. La Brigade d'Infanterie d'Orléans qui couvroit Rangts, & partie de l'Infanterie qui reftoit encore dans les environs d'Anvers rentrerent en ligne, la Brigade des Gardes & les Grenadiers Royaux ne bougerent pas, & le Régiment de Rouergue fut envoyé dans Lier.

Le mouvement du 7. fut protégé par un gros Détachement qui fe pofta au point du jour à Halle aux ordres de M. le Marquis de Bauffremont. Le Régiment de la Morliere fut envoyé ce même jour à Gravenvezel, & les Volontaires de Saxe à Merxem avec quelques Compagnies de Grenadiers Royaux pour leur protection. En même tems que l'Armée fit fon mouvement, le Corps de M. de Berchiny

s'a-

s'avança entre Santhoven & le Benard.
S. A. S. M. le Comte de Clermont
eut dès ce jour-là le commandement
de ce corps-ci, auquel on joignit quatre Bataillons de la Brigade d'Eu, &
auquel peu de jours après M. le Maréchal envoya quatre piéces de canon.

Le 6. les Ennemis avoient fait marcher un Détachement pour enlever le
Régiment de Boffobre à Itéghem : mais
bien loin de réuffir, ils s'étoient retirés précipitament, parce que M. le
Maréchal, inftruit de leur deffein, a-
voit renforcé M. de Boffobre d'un Détachement de Grenadiers & de deux-
cens Graffins, avec ordre de marcher
à eux.

Pour mettre le Régiment de Boffobre hors de toute infulte, l'on fit cantonner avec lui cent Graffins, & deux-
cens Fufiliers.

Le 10. de Juin, le Roi partit pour
Verfailles, M. le Maréchal de Saxe
accompagna Sa Majefté jufqu'à la Barriere, qui eft à la jonction des deux
chauffées de Lier & de Malines : le
Roi affura M. le Maréchal de Saxe
qu'il feroit bientôt de retour. Sa
Majefté alla coucher ce méme jour
à

à Malines. Elle fe rendit le 11. à
Bruxelles, le 12. à Lille, le 13. à
Roye, d'où elle arriva le 14. à Verfailles: l'on avoit difpofé pour la fu-
reté de fa marche des efcortes, depuis Anvers jufqu'à Lille. Comme le
Roi comptoit revenir dans peu, fon
Guet eut ordre d'aller attendre fon
retour à Deinfe, Harlebek & Cour-
trai, fa Maifon domeftique fut envoyée
à Gand.

M. le Maréchal de Saxe qui ju-
geoit fainement que l'arrivée des renforts des Ennemis l'obligeroit dans
peu de quitter le Baffin d'Anvers,
fe hâtoit d'en confommer les fubfiftances. Cette précaution étoit d'autant
plus néceffaire, qu'il étoit vraifemblable que l'Ennemi feroit fes efforts
du côte de l'Efcaut, attendu qu'en fe
rejettant du côté de la Meufe, il
réuniffoit ainfi nos forces & nous
donnoit une fupériorité décidée.

Pour remplir plus promptement fon
objet, M. le Maréchal envoya ordre
à M. du Chaila de paffer la Néthe,
pour venir camper à Contik. Son
inftruction portoit qu'il mangeroit les
bords des rives gauches de la Ruppel
&

& de l'Efcaut, pendant que nous devions fourager le plus en avant que
faire fe pourroit jufqu'aux Bruyeres :
toutes les Troupes avoient vécu jufqu'alors des Magafins, ou des fourages qui s'étoient trouvés dans l'enceinte
de leur camp.

Le 14. Juin, l'Armée fit le premier
fourage général en regle : M. le Duc
de Chaulnes, Maréchal de Camp de
jour, en fut chargé.

La ligne de défenfe de ce fourage
appuyoit fa gauche à Braxhaten, où
l'on mit deux-cens Carabiniers ; elle
paffoit par S. Jopingor qui fut occupé
par quatre-cens Fufiliers de la Morliere & par fept-cens chevaux de ce
Régiment, ou de Saxe Volontaire :
quatre-cens Maîtres mafquoient la
plaine du Moulin d'Heydemeulle ,
ayaant derriere eux fix-cens Grenadiers embufqués dans les brouffailles ;
feize-cens Grenadiers ou Fufiliers gar-
doient la tête des bois d'Hoyendonck
& Zoerzel : & fept-cens Dragons ou
Huffars protégeoient la droite &
Velkelerzande. M. le Duc d'Har-
court qui commandoit tout ce Corps
de Troupes, avoit été dès la veille
re-

reconnoître le terrein de leur emplacement; il avoit fous fes ordres M. le Duc de Chaulnes & M. le Duc de Chevreufe: le premier chargé en même tems du détail de ce fourage, fe tint à portée du centre; M. le Duc de Chevreufe étoit à la droite, vers les bois d'Hoyendonck. La chaîne du fourage de l'Armée fut formée par vingt Compagnies de Grenadiers, & mille Fufiliers; elle s'étendoit depuis Schilde jufqu'à Gravenvézel, d'où elle continuoit le long de la petite Schinne, jufqu'au pont de bois à hauteur de Vinéghem, au-deffous duquel elle fe fermoit.

Le Corps de S. A. S. M. le Comte de Clermont fouragea en même tems que l'Armée, dans la plaine de Puderbos, fans paffer le Benard.

M. le Maréchal de Saxe monta à Cheval ce même jour à quatre heures du matin; il fe rendit au moulin d'Heydemeulle, d'où il fit pouffer par fa garde d'Hullans quelques Huffars qui paroiffoient dans la plaine. Il fit venir de Saint Jopingor les fept-cens Dragons ou Hullans qui y étoient: il avoit réfolu de les embufquer derriere

rière des efpeces de dunes qui font
dans cette plaine, & d'y attirer les
Huffars, par la fuite d'un petit Détachement qu'il devoit pouffer en avant;
mais un Hullan qui déferta rompit fes
mefures : tout paroiffant tranquille
dans le fourage, Monfieur le Maréchal rentra chez lui. Il n'y avoit pas
un quart-d'heure qu'il étoit parti, que
deux Détachemens de fes Dragons ou
Hullans qu'il avoit envoyés du côté
de Brecht, & qui étoient entrés dans
ce Village, d'ailleurs fort étendu, fur
l'affurance que leur avoit donné un
païfan qu'il n'y avoit point d'Ennemis,
y furent attaqués, & en partie tués
ou pris par un Corps nombreux d'Huffars qui les y enveloppa, & qui de-
là vint fondre fur les Dragons de la
Morliere, & fur les Volontaires de
Saxe, qui avoient marché pour les fou-
tenir. Malgré le défordre qu'il y eut
d'abord dans ces Troupes, cette affaire n'eut point d'autre fuite, les Ennemis s'étant retirés précipitamment.
Nous y perdimes en tout quatre-
vingt hommes tués, bleffés, ou prifonniers.

Les Ennemis ayant appris le départ
de

de M. le Comte d'Eſtrées d'Herental, avoient pouſſé un Corps de Troupes légeres tant d'Infanterie que de Cavalerie à Tongerlo: ce Corps s'étoit rabattu ſur Dieſt pour y paſſer le Demer, & aller vers les ſources des Gettes ou de la Dille, ſans doute pour y obſerver nos mouvemens. M. d'Armentieres, qui depuis le départ de M. Dumuy commandoit dans Louvain, ayant été informé de la marche de ce Détachement, ſe donnoit tous les ſoins poſſibles pour l'éclairer. Perſuadé qu'on ne peut avoir des nouvelles certaines des Ennemis que par le moyen des partis, il en avoit ſans ceſſe en Campagne. Celui qu'il envoya le 13. au ſoir rencontra le 14. au matin les Ennemis: le Commandant en donna avis à Monſieur d'Armentieres, qui y marcha ſur le champ avec quatre Compagnies de Grenadiers, quatre-cens Fuſiliers, & deux-cens Chevaux. Il les atteignit au Village de Kerckem; à ſon approche, les Ennemis occuperent les hayes de ce Village, mais M. d'Armentieres les fit attaquer de front, pendant qu'il faiſoit tourner le Village pour les envelopper. Ils s'apperçurent

de

de son dessein, & se retirerent précipitamment sur Diest, quoique fort
supérieurs à nous, laissant sur la place
beaucoup de morts, & une vingtaine
de Prisonniers: nous y eumes trente-
deux hommes tant tués que blessés,
& entr'autres, six Officiers blessés
légerement.

L'Armée fit le 22. Juin un second
Fourage général dans l'enceinte de la
grande & petite Schinne, sous la protection de treize cens Grenadiers, de
douze cens Fusiliers & de quatre cens
Chevaux, le tout aux ordres de M.
de Rosen Maréchal de Camp: outre
ces Troupes, S. A. S. M. le Comte
de Clermont avoit envoyé au Village
d'Halle sur la droite du Fourage, cent
cinquante Dragons ou Hussars, avec
ordre de se communiquer par des pa-
trouilles avec des Détachemens du
Régiment de la Morliere qui occupoient S. Jopingor; ce Fourage fut
tranquille. M. le Maréchal monta à
Cheval ce jour-là; il fut se promener
jusqu'à Gravenvezel, longea la petite
Schinne jusqu'a Merxem, & revint
chez lui par Anvers.

Les Ennemis souffroient du défaut

D   de

de subsistances; ainsi comme ils venoient d'être renforcés d'un Corps de Troupes Hanovriennes, & que nous nous étions affoiblis, il y avoit lieu de penser qu'ils ne tarderoient pas à faire un mouvement; bien des gens croyoient qu'ils viendroient camper vis-à-vis de nous, & même qu'ils nous attaqueroient; mais il n'étoit guéres possible qu'ils pussent subsister dans ces bruyeres, & encore moins qu'ils pussent nous battre; le Ruisseau qui couvroit le front de notre Camp avoit en partie ses bords marécageux, & pouvoit être rendu encore plus mauvais au moyen d'une tenue d'eau, ses approches étoient défendues par de bons postes que nous occupions, & nous avions établi des communications tout le long & en dedans de ce Ruisseau: il n'y avoit que notre droite un peu susceptible d'insulte; l'on n'y avoit point travaillé, paroissant peu vraisemblable que l'Ennemi fût assez téméraire pour nous attaquer par un seul point; ce n'étoit donc pas pour notre position actuelle que M. le Maréchal étoit inquiet; il craignoit plus, que l'Ennemi lui dérobant une marche, &

que

que se faisant joindre ensuite par les renforts qui lui arrivoient successivement sur la Meuse, il ne se mît entre lui & l'Armée destinée à exécuter les Opérations projettées ; ce fut même pour se tranquiliser sur cet article, qu'il fit faire quelques jours après un mouvement à l'Armée.

L'on se disposoit cependant à ouvrir la tranchée devant Mons: Mrs. d'Estrées & de Boufflers avoient d'abord investi cette Place, devant laquelle S. A. S. M. le Prince de Conti avoit rassemblé une partie des Officiers Généraux de son Armée; plusieurs Bataillons & Escadrons de cette même Armée s'y rendoient successivement de la Moselle & du Rhin; l'on observera que ne servant point dans cette Armée, je ne peux parler que par oüi dire du détail de ses Opérations jusqu'au moment qu'elle nous a joint.

La tranchée fut ouverte devant Mons la nuit du 24. au 25. il y eut deux attaques, l'une du côté de Betthamont: l'autre étoit à la porte de Nimi.

L'Armée du Roi fit son troisiéme fourage général aux ordres de M. de

Mont-

Montmorin Maréchal de Camp, fu-
bordonnément à M. de Clermont-Ton-
nere, Lieutenant général; ce fourage
appuyoit fa droite à la petite Schinne,
proche Gravenvezel, d'où bordant
les bruyeres jufqu'à Braxhaten, il revenoit par la Chauffée de Breda fe ter-
miner à la digue de Ferdinand, au-
deffous d'Anvers; M. le Maréchal de
Saxe monta à Cheval pour voir ce
fourage qui fut tranquille, n'y ayant
point paru d'Ennemis: comme ce fourage avoifinoit leurs Corps avancés,
l'on y avoit à tout événement mené
du Canon.

Quelques jours auparavant, un Détachement du Régiment de Graffin
avoit été invefti par les Ennemis dans
le Château d'Ooftmale; & il s'étoit
fait jour l'épée à la main. Un de nos
partis s'étant embufqué dans ce même
tems dans le Village de Zoerzel, a-
voit pris plufieurs Huffars, & nombre de leurs chevaux. C'étoit par
cette petite guerre dont j'obmets bien
des avantures peu intéreffantes, que
M. le Maréchal de Saxe affûroit notre
tranquillité, & qu'il accoûtumoit nos
foldats à prendre le deffus fur les
Trou-

Troupes légeres des Ennemis. Quoique le Détachement que M. d'Armentieres avoit battu à Kerkem fût retourné fur Turnhout, M. le Maréchal craignoit toujours pour le côté des Gettes, il eût bien voulu y faire un établiffement folide, capable d'affûrer ce centre, mais il n'y a aucun pofte de deffenfe; cependant fur ce qu'on lui dit que celui de l'Eau en feroit fufceptible, au moyen de quelques réparations, il envoya ordre le 5. Juillet à M. d'Armentieres de l'aller vifiter, & s'il le trouvoit foûtenable de le faire occuper: M. d'Armentieres devant y marcher avec quafi toute fa Garnifon le Régiment de Noailles eut ordre d'aller dans Louvain jufqu'à fon retour: mais il trouva le pofte de l'Eau fi mauvais qu'il n'ofa point y laiffer de Troupes.

S. A. S. M. le Prince de Conti à méfure qu'il recevoit des Troupes de fon Armée, faifoit partir celles de l'Armée du Roi, que M. de Boufflers lui avoit conduit: en conféquence M. de Monin avoit marché à Braine-le-Comte & Soignies avec huit Bataillons & treize Efcadadrons: cette po-

fi-

fition intermédiaire rendoit libre en
quelque façon la communication de
Bruxelles à Mons, d'autant mieux
qu'on avoit pouffé un Bataillon de la
Garnifon de Bruxelles dans Halle.
L'on avoit déja voulu l'affûrer en tâchant de furprendre les Huffars Ennemis, au moyen d'un Détachement
de l'Armée du Siége, & de la Garnifon de Bruxelles, qui avoient été fous
les Ordres de M. de Puiffegur, tra-
quer la forêt de Soignies; mais l'on y
avoit rien trouvé.

M. le Maréchal voulant prendre une
pofition avantageufe, & qui le mit à
même de veiller également & fur A-
vers & fur la Meufe, donna ordre le 7.
de Juin, que l'Armée marcheroit le
8. pour repaffer la Néthe fur quatre
ponts, dont deux dans Lier, les deux
autres au-deffus ou au-deffous.

Les Campemens de l'Armée fe raf-
femblerent tous auprès de Lier, qu'ils
traverferent, ils furent fuivis de tous
les équipages.

La premiere Colomne de la droite
fut compofée du Corps de M. du Chaila, de l'Artillerie, de la Brigade des
Gardes, des Volontares de Saxe &
des

des Croates qui avoient rejoint l'Armée.

La Brigade de Cavalerie du Roi,
suivie des trois Bataillons de la Cour-
au-Chantre & des Carabiniers, formoit
la seconde Colomne de la droite.

Toute l'Infanterie des deux lignes,
précedée de dix piéces de canon forma la troisiéme Colomne de la droite,
& la seconde ligne se tint en Bataille,
pendant que la premiere défiloit.

La quatriéme Colomne de la droite
fut composée de toute la Cavalerie
de l'asle droite, & du Régiment de
Sédorff.

Il y eut une petite arriere - garde à
chacune des trois premieres Colomnes: l'arriere-garde principale ferma
la marche de la quatriéme Colomne;
cette arriere-garde étoit composée de
quarante Compagnies de Grénadiers
avec quatre piéces de canon, de trois
cens Maîtres, de toutes les vieilles
gardes & postes de l'Armée, & du
Régiment de la Morliere, le tout sous
les ordres de Mylord Clare, & de M.
d'Autane, qui ne virent point d'Ennemis.

L'Armée campa sur deux lignes der-
rie-

riere la grosse Néthe, la droite à Itéghem, la gauche à Lier qui fut le quartier général qui fut gardé par le Régiment des Grenadiers Royaux de Chatillon, & par le Régiment de la Morliere, qui détacha trois cens hommes dans l'Abbaye de Nazareth, le Régiment de Bossobre campa sur le glacis de Lier, en deça de la grosse Néthe.

Toute la Cavalerie y comprise celle de M. du Chaila campa en seconde ligne.

L'Artillerie parqua d'abord à Rosendal, mais elle vint le lendemain à Putte, les quatorze pieces seulement qui avoient marché avec l'Armée resterent au centre de la seconde ligne.

La Brigade des Gardes campa à Vavre Sainte Catherine, les Carabiniers couvrirent Anderstat, les Volontaires de Saxe furent chargés de garder Duffel, à la rive gauche de la Néthe, & les Croates cantonnerent à Walem.

Le Corps de S. A. S. M. le Comte de Clermont fit son mouvement en même tems que l'Armée, il vint camper en potence sur la droite, sa gauche

che à Herft, fa droite tirant fur Oof-
tervik, les Graffins furent pouffés dans
Arskot.

Les Habitans d'Anvers avoient cru
qu'à l'exemple des Autrichiens nous
ne laifferions Garnifon que dans la
Citadelle : ils ne furent pas peu éton-
nés de voir arriver le 8. dans cette
Ville la Brigade de Bauvoifis Infanterie, & le Régiment de Cavalerie de
Saluces ; M. d'Hérouville Maréchal de
Camp, qui commandoit dans Anvers
depuis la prife de la Ville, eut ordre
d'y refter.

M. le Maréchal de Saxe avoit été
quelques jours avant fon départ vifiter
les Forts de fainte Marie & de faint
Philippe, ainfi que la tête de Flandre,
& il avoit donné fes ordres pour qu'on
les mît en état de deffenfe : il avoit
pris les mêmes précautions pour Anvers & fa Citadelle, qu'il laiffoit fous
la garde de huit Bataillons & de quatre Efcadrons ; car les quatre Bataillons des milices de la Brigade de d'Hérouville étoient dans Anvers avant
l'arrivée de la Brigade de Beauvoifis.

M. le Maréchal en repaffant la Néthe, s'étoit affuré une communication

D 5   avec

avec Anvers, par la rive gauche de
l'Escaut, au moyen d'un pont qu'il
avoit fait jetter à Hamme sur la Durme ; ce pont étoit protegé d'un
retranchement, qui étoit gardé par un
Bataillon des milices de la Brigade de
Micaut, un autre Bataillon de cette
même Brigade avoit été envoyé à
Louvain, les deux autres étoient dans
Malines, les quatre Bataillons des
milices de la Brigade de Pandrau a-
voient resté à Alost ou à Bruxelles,
telle étoit la position des douze Bataillons de milices destinés à camper
& qui n'ont point rejoint l'Armée,
ayant été employés sur les derrieres
pour la protection des Convois, ou à
la garde des Places de premiere ligne.

Avant son départ de Rangts, M. le
Maréchal avoit ordonné la démoli-
tion du Fort de Sainte Marguerite,
poste par sa situation fort avantageux
pour l'Ennemi & inutile pour nous.

Sur le rapport que fit M. d'Armentieres de la difficulté d'occuper l'Eau,
M. le Maréchal envoya ordre à M.
de Monin de marcher à Louvain avec
les Troupes qu'il commandoit à Brai-
he-le-Comte & Soignies : M. de Lo-
wen-

wendal fut envoyé en même tems à
Louvain pour prendre le commandement du Corps de Troupes qui devoit
s'y raffembler. Il établit fon Camp de
l'autre côté de la Dille, fa droite à
l'Abbaye du Parc: fa gauche à celle
de Ulierbek; Louvain derriere fon
centre.

Par cette manœuvre M. le Maréchal embarraffoit les Ennemis, il les
réduifoit à aller faire leur jonction vers
les fources du Demer, & retardoit par-
là leurs opérations.

M. le Duc de Boufflers qui s'étoit
avancé à Braine le Comte & Soignies,
avec le refte des Troupes de l'Armée
du Roi qui avoient marché au fiége
de Mons, eut ordre pour lors de fe
porter fur Malines; il y campa derriere la Dille, fa gauche tirant fur
Semps. Ce Corps de Troupes étoit
ainfi à portée de l'Armée; il pouvoit
auffi par fa pofition protéger le Camp
de Louvain: ou fi l'Ennemi en vouloit à Anvers, s'avancer fur la tête de
Flandres par Dendermonde & Hamme.

Le lendemain de notre arrivée à
Lier, M. le Maréchal de Saxe étoit
                              fór-

forti pour reconnoître les bords de
la Néthe : mais les communications
le long de cette Riviere n'étant pas
encore achevées, il n'avoit pû viſiter
que la premiere ligne : trois jours
après il ſuivit la Néthe juſqu'à Iteghem.

L'on fit différens Détachemens dans
le Camp de Lier, tant du côté d'Anvers que de celui d'Hérental, pour
reconnoître des fourages qu'un long
ſéjour dans ce Camp pouvoit rendre
néceſſaires. L'Armée fourageoit pour-
lors par Brigade ſur ſes derrieres, ou
ſur les bords de la Néthe, ſous la protection de ſes poſtes avancés.

Nous avions ſans ceſſe des partis en
Campagne, ils inquiétoient les Ennemis, au point que leurs Troupes légeres n'oſerent jamais prendre un
établiſſement dans le Baſſin d'Anvers :
cependant un de nos Détachemens
d'Huſſars, quoique ſupérieur à un des
Ennemis, fut battu par ce dernier.

Sur la nouvelle de l'arrivée de leurs
renforts ſur la Meuſe, les Ennemis
qui étoient reſtés dans leur poſition de
Therheyde, firent avancer leur Infanterie à la tête des bruyeres, ils
pouſ-

pousserent en même tems leur Troupes légeres à Béringhem & Tur-
noutht.

La Ville de Mons avoit capitulé,
& sa garnison qui avoit été faite Pri-
sonniere de guerre, avoit été remplacée par quatre Bataillons de milice,
que M. le Maréchal de Saxe y avoit
envoyés du Hainaut.

Mons rendu, M. de la Fare fut
chargé avec six Bataillons & treize
Escadrons de prendre S. Guislain, qui
se rendit aux mêmes conditions que
Mons. S. A. S. M. le Prince de Conti avant son départ de Mons, détacha
de son Armée M. d'Estrées à Genap
avec vingt Escadrons & deux Bataillons, avec ordre de se concerter avec
M. le Maréchal. Ce Prince marcha
avec le reste de ses Troupes devant
Charleroi; les Ennemis envoyerent
deux Régimens d'Hussars pour le harceler, mais il les contint, en faisant
occuper Sombreff par les Volontaires
Royaux.

Un parti Ennemi s'étoit présenté au
pont d'Itéghem sur la Néthe, mais
cette bravade n'avoit abouti qu'à nous
tirer

tirer quelques coups de fufil qu'on leur
avoit rendu.

M. le Maréchal informé le 12 Juillet, que les Ennemis dirigeoient leur
marche fur Eindhovem, donna ordre
que l'Armée précedée de fes équipages pafferoit le jour fuivant la Dile
fur quatre ponts, pour aller camper
derriere cette Riviere: elle porta fa
droite au pont de Roffelaer, fa gauche appuya à Hévre, tirant fur des
lines: toutes les Troupes camperent
fur deux lignes, & en ordre de bataille. La Brigade des Gardes & les
Carabiniers camperent tout-à-fait à la
gauche: l'Artillerie parqua derriere
cette gauche, ayant devant elle la
chauffée de Malines à Louvain. Le
Régiment de Boffobre fut chargé de
mafquer le pont de Roffelaer, & les
Croates celui de Vikmale. Le quartier général fut établi à Waerloer,
quafi derriere le centre de la feconde
ligne.

Mrs. du Chaila & de Logni Ma-
merenci, eurent le commandement
de l'arriere-garde de la marche de
Lier, à Vefpelar: ils ne vinrent que

quelques Huffars qui fe tinrent éloi-
gnés, uniquement pour nous obferver.

Le même jour que l'Armée partit
de Lier, le Corps de S. A. S. M. le
Comte de Clermont alla paffer le Demer à Arskot pour camper entre Arskot & Zichem; ce dernier endroit
fut occupé par le Régiment de la Morliere qu'on avoit fait avancer deux
jours auparavant à Vecteren avec
ordre de garder les ponts de la Dille.
Le Régiment des Graffins marcha à
Dieft qu'il trouva abandonné.

A fon paffage à Arskot, S. A. S.
M. le Comte de Clermont fut renforcé de la Brigade d'Infanterie de Crillon que M. le Duc de Boufflers y avoit
envoyé.

M. le Maréchal en arrivant à Vefpelar, fit jetter des ponts fur la Dille
entre Louvain & Vikmale: par cette
précaution, il fe mettoit à même de
fe porter fur les Gettes fuivant la dé-
termination de l'Ennemi, fans abandonner les moyens de protéger Anvers, fi l'Ennemi n'ayant fait qu'un
mouvement fimulé vouloit fe rabattre
tout d'un coup fur cette derniere place:

ce: pour ſe donner plus d'aiſance pour
ſon ſecond paſſage de la Dille: M. le
Maréchal envoya le 25. dans Louvain
les gros équipages de l'Armée, ceux
de S. A. S. M. le Comte de Clermont y étoient déja: la Brigade des
Gardes entra ce même jour 25. dans
Louvain, elle y campa entre la Porte
d'Eau & celle de Tirlemont.

L'Ennemi ayant dirigé ſa marche
vers les ſources du Demer, M. le Maréchal ſe fit joindre par le Corps de M.
de Boufflers, & repaſſa la Dille ſur cinq
Colomnes; il alla camper ſur deux lignes
de l'autre côté de Louvain, ſa droite
maſqua la trouée de Méerdal, ſa gauche appuya à l'Abbaye de Ulierbek,
le quartier général fut établi dans
l'Abbaye du Parc: l'Artillerie fut placée ſur les glacis de Louvain à la
droite de la chauſſée de Tirlemont;
les Carabiniers & les Dragons de Es-
timanie furent mis en réſerve ſur la
haute Dille; les Croates & les Boſſo-
bres couvrirent la droite de l'Armée,
les Volontaires de Saxe occupent
Veltrick pour aſſurer la communication de Louvain à Tirlemont.

Trois Bataillons d'Infanterie cam-

Pe-

pérent fur les flancs des deux ailes de
Cavalerie, méthode peu ufitée, mais
très-bonne pour les mettre à couvert
de toute infulte, & pour empêcher
dans un jour d'affaire les Troupes Legeres & autres Troupes à Cheval d'inquiéter une aîle par fon flanc.

Le Corps de Troupes qui campoit
à Louvain aux ordres de M. de Lowendal, partit à l'arrivée de nos
campemens & alla camper fa gauche à
l'Abbaye d'Oplinter, la droite à Tirlemont: ce Camp avoit été reconnu
quelques jours auparavant dans une
tournée que Mrs. d'Armentieres & de
Cremille avoient fait le long des deux
Gettes, depuis Hougarde & Heilliffem
jufqu'à leur jonction; ils avoient trouvé fur leur route trois cens Huffars
qu'ils avoit fait poufler jufqu'auprès
de Judoigne par deux cens des nôtres.

La Maifon du Roi qu'on avoit rap-
prochée de Vilvorde eut ordre de
venir camper près de l'Abbaye de
Corterberg, l'on y joignit un Bataillon
des Milices de la Brigade de Pandrau
qu'on fit fortir de Bruxelles, & qui
campa avec la Maifon le long de la
chauffée de Bruxelles à Louvain ; fai-

E   fant

fant face à la Forêt de Soignies. M.
le Maréchal avoit ainfi la Maifon du
Roi à portée de le joindre fur le
champ, & elle protégeoit par fa pofition la communication de Bruxelles
que les Huffars inquiétoient par la
haute Dille au point qu'ils avoient
enlevé tout recemment derriere le
Camp de Vefpelar, un Détachement
de vingt-cinq Soldats de Touraine qui
revenoient des légumes : ils avoient
pris auffi de l'autre côté de Louvain
quelques chevaux qui étoient allez au
fourage fans efcorte.

Le Camp du Parc établi, M. le
Maréchal alla vifiter le Païs jufqu'au-
deffus de Judoigne, d'où il fuivit la
grande Gette jufqu'à Tirlemont, fon
objet étoit de reconnoître les pofitions
qu'il prendroit, fi l'Ennemi marchoit
fur les Gettes.

S. A. S. M. le Prince Charles de
Lorraine avoit joint l'Armée des Al-
liez, & les Déferteurs affûroient que
fon arrivée & la jonction des Troupes
qui l'avoient précédé alloient donner
lieu à de grandes entreprifes.

Pour éloigner d'avantage l'Ennemi
& protéger de plus près M. de Lo-
wen-

wendal, S. A. S. M. le Comte de
Clermont avoit eu ordre de s'avancer
à Dieft & de poufler les Graffins entre
M. de Lowendal & lui; comme ce
mouvement laiffoit Arskot ouvert à
l'Ennemi : l'on fit rompre tout les
ponts fur la Dille jufqu'à Malines, &
l'on envoya des partis dans les bois
entre Arskot & Louvain pour tenir en
refpect les Huffars, dont quelques-uns
avoient déja paru fur la Chauffée de
Louvain à Malines: quatre cens Volontaires de notre Infanterie furent
envoyez auffi dans la Forêt de Soignies
pour en chaffer les Huffars qu'on affûroit s'y être embufqués & qu'on n'y
trouva plus.

Sur l'avis que les Ennemis avoient
un gros magafin de fourages à Haffelt, avec peu de monde pour le garder, S. A. S. M. le Comte de Clermont y envoya un Détachement des
Graffins, qui ayant furpris quatre-
cens Huffars dans un chemin creux,
en prit plufieurs, & quelques chevaux.

Il eft inutile de parler d'un fourage
que les deux aîles de l'Armée firent
au Camp du Parc; chacune detriere

E 2   elle,

elle, & à la rive gauche de la Dille.
J'ai crû devoir obmettre tous ces fourages particuliers, dont le détail n'a
rien d'inſtructif.

L'Ennemi devant ſe renforcer conſidérablement, il étoit naturel que M.
le Maréchal penſât à raſſembler toutes
les Troupes dont il pouvoit ſe paſſer
ſur ſes derrieres : c'étoit même néceſ-
ſaire, vû l'obligation où nous pou-
vions être de nous éloigner des Vil-
les d'où nous tirions nos ſubſiſtances,
& qu'il falloit mettre en ce cas hors
d'inſulte, ainſi que leurs communications: ce qui n'eût pû ſe faire ſans
affoiblir l'Armée. Il arriva donc à
Bruxelles ou à Malines cinq Bataillons
de milice, à qui M. le Maréchal avoit
envoyé ordre de s'y rendre; un ſixié-
me Bataillon de milice avoit relevé au
pont ſur la Durme un Bataillon des
milices de Micaut qui alla rejoindre
les trois autres à Malines. Ce petit
renfort donna à M. le Maréchal la
liberté d'employer dans la ſuite, pour
la communication avec Bruxelles, les
huit Bataillons des milices de Pandrau
& de Micaut.

N'y ayant plus rien à craindre pour
An-

Anvers, la Brigade de Beauvoisis &
le Régiment de Saluces, qui faisoient
partie de la garnison de cette place,
nous rejoignirent au Camp du Parc:
ce fut dans ce Camp, où M. le Maréchal ayant rassemblé tous les Officiers Généraux, les pria de vouloir
bien concourir au rétablissement de la
discipline, le désordre des Troupes
ayant été poussé si loin, qu'il ne pouvoit cesser que par des moyens ex-
traordinaires. Le premier qu'il em-
ploya, fut la construction de quatre
grandes redoutes qu'on fit sur la hauteur en avant de notre gauche, &
qu'on nomma les pénitentes. M. le
Maréchal marqua lui-même les endroits
où elles devoient être tracées, &
donna l'ordre pour la quantité de travailleurs qui devoient être commandés
pour cet ouvrage, avec le nombre des
Officiers destinés à y veiller.

Le grand objet étoit pour lors d'être
instruit à tems des mouvemens des
Ennemis, qui ayant fait leur jonction
dans les bruyeres de Donderslach entre Brey & Hasselt, étoient campés
sur le Demer, sur lequel ils avoient
plusieurs ponts; mais il étoit difficile

E 3   d'en

d'en avoir des nouvelles certaines;
M. le Prince Charles ayant pouſſé ſur
la petite Gette toutes ſes Troupes légeres, avec ordre de ne laiſſer venir
perſonne de notre côté; auſſi n'eut-
on avis que le 30. au matin, que les
Ennemis avoient paſſé le Demer, &
qu'ils avoient fait telle diligence, qu'ils
campoient déja vers les ſources du
Jar, du côté d'Hannut. Comme cette marche les mettoit dans le cas de
ſe porter avant nous au débouché des
cinq Etoiles, poſte intéreſſant pour
la protection du ſiége de Charleroi,
M. le Maréchal envoya ordre à S. A.
S. M. le Comte de Clermont, qui
s'étoit avancé à Oplinter, de marcher
à minuit pour aller ſur Raumiroix, &
à M. de Lowendal, qui avoit remon-
té la grande Gette juſqu'à Dongel-
berg, de ſe porter ſur la Tombe de
Liberſart; il donna ordre en même
tems que l'Armée marcheroit à minuit pour occuper les hauteurs de
Conroi, d'où après avoir fait une
halte de deux heures, elle iroit camper à Valhem. Tous ces mouvemens
ſe firent dans le plus grand ordre, &
malgré cette longue marche que l'Armée

mée fit fur cinq Colomnes, les Troupes arriverent en état d'agir , fi l'on
en eût eu befoin. M. le Maréchal
partit de fa perfonne à dix heures du
foir, il prit avec lui les Dragons de
Septimanie, les Huffars de Boffobre,
& mille Grénadiers ou Fufiliers ; il
envoya ordre , chemin faifant, à la
Maifon du Roi qui avoit marché à Vavre par la rive gauche de la Dille, &
au Régiment de Cavalerie d'Egmond,
qui s'y étoit rendu de Bruxelles, de
paffer la Dille, & de fe porter fur
Conroi.

Avant de partir de fon quartier du
Parc : M. le Maréchal avoit envoyé
un de fes Aides de Camp à S. A. S.
M. le Prince de Conti pour lui faire
part de fon mouvement, ce Prince
étoit devant Charleroi, où quelque
diligence qu'il eut pû faire, il n'avoit
pû ouvrir la tranchée que la nuit du
28. au 29.

M. le Maréchal en arrivant fur les
hauteurs de Conroi, trouva M. d'Eftrées qui l'y attendoit, & qui pour
veiller de plus près fur l'Ennemi étoit
venu camper avec fon Corps de Troupes à Chauffe-les-Dames.

E 4   Ils

Ils furent vifiter enfemble le débouché des cinq Etoilles que M. le Maréchal mafqua avec les mille hommes
d'Infanterie qui l'avoient fuivi; il fit
venir en même-tems les campemens
pour marquer le Camp: la droite fut
appuyée à l'Ornot au deffous de Sauvenier, la gauche fut portée à Nielle
S. Martin: l'Armée campa fur deux
lignes & en ordre de Bataille; la
Maifon du Roi, les Carabiniers & la
Brigade des Gardes camperent en troifiéme ligne: le Corps de M. de Lowendal campa pour cette nuit en quatriéme ligne.

S. A. S. M. le Comte de Clermont
campa en écharpe en avant de notre
gauche, entre le Village de S. Paul &
celui de Tourine-les-Ordons que les
Graffins occuperent.

Le Régiment de la Morliere garda
Sartavalhem & le Bois qui étoit en
avant du centre.

Les Régimens de Boffobre & de
Septimanie couvrirent la droite &
camperent quafi à la hauteur de Sauvenier.

La Brigade de Sédorff fut placée
fur le flanc droit, faifant face à l'Ornot.

Com-

Comme il étoit fort tard quand le Camp fut marqué : cette difpofition ne pût être bien en ordre que le jour fuivant.

Dès que nos campemens arriverent à Valhem, le Corps de M. le Comte d'Eftrées détendit & s'alongea le long de l'Ornot, fa droite dépaffa Conroi-le-Château, fa gauche appuya à un ravin quafi à la hauteur de Gemblour, ce Corps avoit été renforcé pour lors de quelques Bataillons : fa droite fut protegée dans ce nouveau Camp par les Volontaires Royaux qui campe-rent fur la hauteur vis-à-vis le pont du Máfy.

Le Régiment de Saxe Volontaire avoit été placé à Court-Saint-Etienne, vers les fources de la Dille : M. le Maréchal avoit laiffé pour la garde de cette Riviere & de nos derrieres la Bri-gade des milices de Micaut dans Vavre, & celle de Pandrau étoit reftée dans Louvain avec cent Dragons.

Le pofte des cinq Etoiles étant le feul endroit par où les Ennemis pou-voient en quelque façon déboucher fur nous, M. Trips s'y préfenta le pre-mier d'Août dans le deffein de s'en

E ſ   em-

emparer, il l'attaqua avec un gros
d'Infanterie & d'Huſſars; mais malgré
le petit nombre de ceux qui défen-
doient ce poſte, & quoique les Ennemis l'euſſent tourné à la faveur des
Bois, cependant la bonne contenance
de nos Troupes les obligea après une
fuſillade de quatre heures de ſe retirer
avec perte: nous y eûmes de notre
côté quelques Officiers & Soldats tués
ou bleſſés.

M. le Maréchal étoit allé reconnoître le poſte des cinq Etoiles, une demie heure avant l'attaque: il avoit
ordonné à M. de Lowendal de venir
occuper cette trouée avec ſon Corps
de Troupes, & il s'étoit porté enſuite
au de-là d'Orbais; mais ayant enten-
du qu'on tiroit du côté des cinq Etoiles il revint ſur ſes pas, & ſoûtint
l'attaque à la tête du Détachement qui
l'avoit ſuivi pour ſon Eſcorte juſqu'à
l'arrivée de M. de Lowendal: à ſon
approche les Ennemis s'étant retirés,
M. de Lowendal campa derriere la
trouée, il fit en même tems travailler
à des redoutes qui maſquoient les deux
débouchés & couvroient le front de
ſon Camp: les la Morliere & les Croates

tes baraquerent à la droite fur la grande chauffée & à l'entrée du bois.

Le Général Trips en venant attaquer le pofte des cinq Etoiles avoit été arrêté à Pérués pendant quatre heures par un de nos partis commandé par le fieur de Curffol, cet Officier s'étoit défendu avec tant de bravoure que les Ennemis avoient été contraints de faire marcher les piquets de leur Armée pour prendre ce Détachement, qui n'étoit pourtant que de cent hommes, & qui ayant été forcé à la fin dans l'Eglife, y fut quafi tout égorgé.

Les Ennemis vinrent camper ce jour-là, leur droite vers le Mont-Saint-André, leur gauche à la Méhagne.

Il eft affez difficile de juftifier M. le Prince Charles fur fa lenteur à s'emparer du pofte des cinq Etoiles: il eft vrai qu'il ne devoit pas s'attendre qu'une Armée y vint dans un jour de Louvain, mais il y a une maxime certaine à la guerre, c'eft qu'il faut toujours faifir le moment: il faut auffi fe défier des rufes & des moyens d'un Général habile & expérimenté.

Les déferteurs affûrant que nous de-

devions être attaqués dans peu aux
cinq Etoiles, & que les Alliés pour
tourner ce poste faisoient des ouver-
tures dans les Bois, M. le Maréchal
renforça M. de Lowendal de deux
Bataillons de Grénadiers Royaux, de
la Brigade d'Infanterie d'Orléans, &
de vingt piéces de canon; il donna en
même tems ordre aux quatre Brigades
d'Infanterie de la droite, de se porter
aux cinq Etoiles, dès que M. de Lowendal en auroit besoin : mais tous ces
beaux projets d'attaque, si tant est
que les Ennemis en ayent jamais eu,
s'évanouirent, sur la nouvelle singu-
liere qu'ils eurent que Charleroi s'étoit
rendu aux mêmes conditions que
Mons : ils craignirent que les Troupes qui avoient servi à ce siége, se
joignant aux nôtres, la partie ne fût
plus égale : ils passerent la Méhagne,
& prirent un Camp de deffensive,
pour nous empêcher, s'il étoit possible, de pénétrer jusqu'à Namur, dont
ils jugeoient, avec raison, que nous
avions médité le siége. Leur premier
Camp fut celui de Longchamp derriere l'Ornot, leur droite à la source de
la

la Méhagne ; quelques jours après ils s'allongerent par leur gauche, qu'ils porterent jufqu'au Mazy.

Quoique les Ennemis euffent paffé la Méhagne, il avoient néanmoins laiffé leurs Troupes légeres vers le Mont Saint André: ils le pouvoient fans crainte, attendu que leur droite étoit à portée de les protéger. Un Détachement de trois-cens hommes du Régiment de la Morliere en ayant rencontré un de quatre-cens des Enne‑ mis près de Rochepaille, le défit en‑ tierement, & ce qui s'en fauva ne dut fon falut qu'au voifinage de leur Armée. Il eft vrai que quelques jours auparavant un petit Détachement de ce même Régiment & une grande partie de la Compagnie des Croates, ayant voulu fortir des Bois & aller at‑ taquer en plaine un Corps de Pandou‑ res, dont le feu les inquiétoit, a‑ voient été affaillis à la fortie d'un che‑ min creux par trois Efcadrons d'Huf‑ fars, qui les ayant enveloppés, les avoient tous maffacrés. Le Sieur de Leftang, Commandant de la Compa‑ gnie des Croates, fut tué dans cette occafion. Cette Compagnie étant hors

d'é‑

d'état de servir, l'on la renvoya à Gand pour s'y récruter.

Nous tirions nos subsistances, ainsi que nous l'avons toûjours fait dans la suite, de Louvain & de Bruxelles. La nécessité d'en établir la sûreté engagea M. le Maréchal à faire partir du Camp deux Détachemens, dont l'un du Corp de M. de Lowendal aux ordres de M. d'Armentieres, l'autre du Corps de S. A. S. M. le Comte de Clermont aux ordres de M. de Froulay. Ces deux Officiers devoient se réunir à un certain point, pour se porter ensemble par Judoigne sur Tirlemont, & de-là sur Louvain. Ils devoient, au cas que les Ennemis fussent à l'Abbaye de Ramey, ainsi qu'on le disoit, leur tomber dessus, & nétoyer ce Païs-là de toutes les Troupes légeres qu'on prétendoit s'y être établies. Le Détachement de M. de Froulai sortoit à peine du Camp, qu'il rencontra un Corps d'Hussars fort supérieur qui l'attaqua vivement; mais l'arrivée de M. d'Armentieres obligea les Ennemis à se retirer. Ils nous laisserent continuer tranquillement notre promenade, emmenant néanmoins a-

vec

vec eux quelques prifonniers qu'ils nous
avoient faits.

Le mouvement des Ennemis en a-
voit occafionné un dans notre Armée :
elle avoit porté fa droite à la hauteur
de Gemblour, fa gauche vers la trouée
des cinq Etoiles, l'Ornot devant elle :
l'on avoit établi des poftes le long, &
même de l'autre côté de cette Riviere. Le Camp fut d'abord marqué trop
près de l'Ornot. Comme nous étions
foûmis ainfi aux hauteurs que l'Ennemi pouvoit occuper, M. le Maréchal
le fit reculer, nos Troupes y camperent également fur trois lignes ; la Brigade de Sédorff couvrit le quartier
général qui ne changea point.

Charleroi pris, S. A. S. M. le Prince de Conti avoit avancé fon quartier
à Conroi le-Château, à la droite duquel fes Troupes étoient venuës camper par pelotons, tout le long de
l'Ornot : il n'étoit refté entre Sambre
& Meufe que M. de Ségur, avec
quelques Bataillons & quelques Efcadrons.

M. le Maréchal de Saxe fe rendit
chez S. A. S. M. le Prince de Conti,
afin de concerter les difpofitions pro-
chai-

chaines pour déposter l'Ennemi du
Camp du Mazy, Camp inattaquable
de vive force, & fameux dans l'histoire par les grands Généraux qui l'ont
pris. Ces arrangemens faits entr'eux:
S. A. S. M. le Prince de Conti qui
avoit demandé au Roi la permission de
s'en retourner, partit le 13. pour la Cour.

L'Armée du Roi fit pour - lors un
fourage général vers les sources de la
Dille, aux ordres de M. de la Vauguion, Maréchal de Camp.

Mr. le Maréchal jugeant nécessaire
d'avoir sur la Dille un Officier Général pour y commander, envoya à
Vavre M. de S. Germain, Maréchal
de Camp. Il joignit aux Troupes qui
y étoient, le Régiment Royal Dragons; il envoya aussi celui de Septimanie à Louvain, dont il mit la garnison sous les ordres de M. de S.
Germain.

L'on avoit fait marcher dans ce
même tems deux Détachemens pour
aller au-devant du Roi, qui étoit attendu à l'Armée: mais ces Détachemens
revinrent, sur la nouvelle que le Roi
ne venoit plus. L'idée où l'on étoit
qu'il ne se passeroit plus rien de con-
fi-

fidérable du refte de cette campagne, détermina Sa Majefté à ne point partir; en conféquence fon Guet & fa Maifon domeftique qui s'étoient rendus à Mons & à Valenciennes, retournerent à Verfailles.

L'Armée du Roi partit de Valhem le 15. fur fix Colomnes, elle porta fa droite au bois du Sart, fa gauche au Mont S. André. Ce mouvement avoit été précedé de celui de la Réferve qui s'étoit avancée la veille fur Torbais-Saint-Tron, & de celui de l'Armée de Conti, qui étoit venuë fur quatre Colomnes camper ce même jour 14. aux Tombes de Liberfart; les équipages de l'Armée du Roi & l'Artillerie étoient allés auffi le 14. au foir parquer du côté d'Orbais, ou en avant de la gauche du Camp de M. de Lowendal.

Le Régiment de Saxe Volontaires avoit marché en même tems à Maléves, d'où il fut pouffé le jour fuivant à l'Abbaye de Ramey, avec deux Compagnies de Grénadiers.

M. le Prince de Pons fut chargé de protéger avec un gros Détachement

F &

& du Canon nos mouvemens du. 15.
& du 16. il prit poste à cet effet le
14e. au soir dans la trouée de Lérine
& dans les Bois qui sont à la droite de
Sart à Valhem; mais l'Ennemi ne fit
passer l'Ornot qu'à quelques Troupes
Légeres qui se fusillerent avec notre
arriere-garde que commandoit M.
d'Autane: l'on nous fit pourtant prisonnier un poste de cinquante hommes
du Régiment du Roi, qui ne se réplia point, parce que l'ordonnance
qui lui en portoit l'ordre fut prise en
chemin.

Les campemens de l'Armée du Roi
que commandoit M. de Brézé trouverent le 15. au matin un Détachement
d'Hussars en-deçà du Ruisseau de Pervés, l'on les repoussa; & l'on prit
poste dans le Village de ce nom, malgré le grand feu d'un gros Détachement & du canon que les Ennemis
avoient avancé sur la hauteur de Pervés: comme ils n'oserent pas nous
r'attaquer dans Pervés, qu'ils voyoient
soûtenu des Brigades de Beauvoisis &
de Bétens qui avoient précédé les
campemens, le Camp fut marqué sans
opposition.   Le

Le quartier général fut établi au Prieuré de Melmont.

En même tems que nous marchâmes fur Pervés, la réferve fe porta par notre gauche fur Geft à Virompont ; cette réferve étoit pour lors commandée par M. de Berchiny en l'abfence de S. A. S. M. le Comte de Clermont, qui étant tombé dangéreufement malade, étoit refté au Château de faint Paul avec une garde de Cavalerie de nos Troupes, & une des Ennemis que M. le Prince Charles lui avoit envoyée.

Pour protéger la fûreté de nos fubfiftances & la communication avec Louvain, M. le Maréchal envoya le 15. au matin M. de Clermont Gallerande à Judoigne qui y prit pofte avec une Brigade d'Infanterie, deux Régimens de Dragons & un Régiment d'Huffars : pour continuer cette ligne de protection jufqu'à Bruxelles, M. de Saint-Germain eut ordre d'aller camper à Tervure avec les Troupes qu'il avoit à Vavre.

Le 16. l'Armée de Conti vint s'incorporer dans l'Armée du Roi, & les

Bri-

Brigades fûrent formées fuivant l'an-
cienneté des Corps.

Ce même jour : un Détachement de
quinze cens Hommes de la réferve
ayant été pour reconnoître le païs . &
s'étant porté trop avant, fut attaqué
par les Ennemis qui le malmenerent &
firent prifonnier ce qui s'en jetta dans
Ramillies.

Le 16. au foir S. A. S. M. le Comte
de Clermont revint à l'Armée, ce Prince logea chez M. le Maréchal.

Le 17. l'Armée paffa le Ruiffeau de
Pervés fur huit Colomnes, & en ordre
de Bataille, précédée des campemens
qui marcherent fous la protection d'un
Corps de douze mille Hommes aux
ordres de M. le Comte d'Eftrées : les
équipages & l'Artillerie qui n'étoit
point employée dans la marche de
l'Armée, refterent dans le vieux Camp,
fous une groffe Efcorte avec M. de
Graville , & ils ne réjoignirent que le
foir.

Le Ruiffeau de Pervés formoit un
pofte excellent de défenfive pour l'Ennemi, mais il ne fut occupé ni difpu-
té, ainfi l'on fe porta fans obftacle
avec

avec l'avant-garde vis-à-vis la trouée
d'Afche, que l'on mafqua fans autre
oppofition que quelques coups de Ca-
rabines d'Huffars, lefquels même fûrent ramenés jufqu'au défilé par les
Hullans qui avoient fuivi M. le Maréchal au Campement.

M. le Comte d'Eftrées prit pofte à
Afche & fur tout le front de la rive
gauche de la Méhagne, à l'exception
du Village de Neuville que l'on laiffa
à l'Ennemi, & que M. le Maréchal ne
jugea pas à propos de faire attaquer,
tant pour ne pas perdre du monde
pour prendre un pofte peu effentiel,
qu'à cauſe de la difficulté de le con-
ferver, quand il feroit pris, étant fous
le feu d'un bon Château que l'Ennemi
occupoit en force de l'autre côté de la
Méhagne.

L'Armée campa fur quatre lignes,
fa droite aux Bois de Rochepaille, fa
gauche à la Tombe de Branchon, le
Rofier pour quartier général.

La réferve alla ce même jour camper à Jandrain, tirant fur Orp-le-Petit.

Les Ennemis de leur côté longerent
la Méhagne & camperent fur deux
lignes vis-à-vis de nous, ils appuye-

rent

rent leur gauche à hauteur & en arriere d'Afche, leur droite fut portée
aux Tombes de Séron.

Notre Armée féjourna le 28. par
rapport au pain qui fut efcorté par M.
de Saint-Germain jufqu'auprès de Judoigne ; ce féjour donna du repos aux
Troupes qui avoient été la veille prefque toute la journée fous les armes.

Le 19. l'Armée précédée de fes
campemens & d'un gros Corps pour
les foûtenir aux ordres de M. de Salieres, porta fa droite à la Tombe-du-
Soleil, fa gauche à hauteur de la Tine
fur la Méhagne ; l'Armée marcha par
lignes & fur fix Colomnes, dont une
pour l'Artillerie & une autre pour les
équipages : la réferve alla camper à
Varem fur le Jar. M. le Duc de Chevreufe qui avoit été le 17. camper au
Mont-Saint-André avec quatre Régimens de Dragons, & qui dans la marche du 19. protégea celle des équipages, campa fur le Jar entre la réferve
& la gauche de l'Armée.

M. le Maréchal prit fon quartier d'a-
bord à Thinne qu'on couvrit d'une Brigade d'Infanterie, il fut changé deux
jours après & porté à Villers.

L'ar-

L'arriere·garde particuliere de la marche du 19. fut faite par Milord Clare: l'on avoit pour la protection de notre flanc droit, laiſſé ſur la Méhagne les poſtes les plus eſſentiels, auec ordre de ne ſe retirer qu'avec l'arriere-garde.

Le Corps de M. de Lowendal qui juſqu'alors étoit reſté aux cinq Etoiles, fit l'arriere-garde principale de l'Armée: ce Corps qui avoit renvoyé ſes équipages au point du jour pour ſuivre les nôtres, fut renforcé chemin faiſant d'un Détachement de Cavalerie de l'Armée: les Ennemis harcélerent M. de Lowendal depuis onze heures du matin juſqu'à cinq heures du ſoir, avec un gros Corps de Grénadiers, d'Huſſars, de Pandoures & du canon, mais bien loin de l'entamer, ils furent toujours repouſſés avec perte: les Graſſins ſe diſtinguerent dans cette occaſion: nous y eûmes deux cens Hommes tant tués que bleſſés, entr'autres le Lieutenant Colonel du Régiment de la Reine tué d'un coup de canon : les Ennemis ont avoué ſept à huit cens Hommes de perte.

Le Régiment des Cantabres joignit l'Arl'Armée le 19. il fut placé dans le Village d'Orp-le-Grand avec les Volontaires de Saxe.

Nous avions du 17 un pofte dans le Château de Jauche, qui y a refté jufqu'à notre départ de Villers.

Le Corps de M. de Lowendal rentra en ligne le 19. les Graffins pafferent cette nuit dans la Cour du Château de M. le Maréchal. Le Régiment de la Morliere avoit marché avec les campemens, & il avoit été cantonné dans la Tine.

Les Ennemis n'avoient fans doute refté le 19. dans leur même Camp que pour voir le parti que nous prendrions, peut-être auffi pour être à portée de protéger les Troupes qui devoient attaquer notre arriere-garde: ils vinrent camper le 20. dans la plaine de Bourdine, leur droite tirant fur Falais qui fut gardé par leurs Troupes légeres: leur gauche fut appuyée à Bonef: M. le Maréchal qui vint ce jour-là reconnoître leur pofition, ordonna un nouvel allignement pour une partie de notre Armée, qui étoit mal campée.

Le peu de moyens d'attaquer les
En-

Ennemis derriere la Méhagne, ne laiffoit à M. le Maréchal pour les dépofter que celui de les inquiéter dans leurs
fubfiftances ; en conféquence M. le
Maréchal inftruit qu'ils tiroient une
partie de leurs Vivres par la Meufe,
réfolut de leur en couper la communication ; à cet effet il fit partir le 20.
au foir M. de Lowendal avec un gros
Corps d'Infanterie & de Dragons, les
Graffins, les la Morliere & une Brigade d'Artillerie pour aller s'emparer
du pofte d'Hui : M. de Lowendal y
entra le 21. au matin fans oppofition ;
il y fit quelques prifonniers, & s'y
rendit maître de quatre - vingt mille
rations de pain appartenant aux Ennemis.

M. de Lowendal fit occuper Hui
par la Brigade de la Couronne, & par
le Régiment de la Morliere : il campa avec le refte de fes Troupes entre
Hui & Vignamont où il mit les Graffins.

M. le Maréchal pour établir une
communication fûre entre M. de Lowendal & lui, fit partir le 21. la réferve qui étoit à Varem, pour aller
camper fa droite au Château d'Ofter-

F 5   mont,

mont, fa gauche tirant fur Vignamont: pour continuer cette communication jufqu'à l'Armée, M. de Contade eut ordre le lendemain de fe porter entre la Tine & Oftermont avec
deux Brigades d'Infanterie , une de
Cavalerie, & une de Dragons.

M. le Comte d'Eftrées fut envoyé
en même tems pour commander la
réferve : & M. de Berchiny fut détaché à l'Abbaye d'Heiliffem fur la petite Gette, avec deux Bataillons, &
trois Régimens d'Huffars : il avoit
ordre de veiller fur les Gettes, & fur
la communication de Tirlemont par où
devoient venir nos Convois: l'on a-
voit déja fait partir le 20. pour Louvain, M. de S. Perne, Maréchal de
Camp, avec quatre mille hommes pour
efcorter un de ces Convois, cet Officier général s'acquitta avec tant d'intelligence de cette béfogne que M. le
Maréchal l'en chargea trois fois de
fuite.

L'intention de M. le Maréchal étoit
d'obliger les Ennemis à repaffer la
Meufe pour les jetter dans un païs fté-
rile, & où la nature forme mille difficultés, tant pour les marches que pour
les

les fubfiftances ; pour remplir mieux
cet objet, non content d'occuper Hui,
il envoya un Détachement aux ordres
de M. de Boffobre s'emparer du Fauxbourg de S. Gilles à Liége : il donna
en même tems ordre à M. de Ségur
qui étoit entre Sambre & Meufe, de
s'avancer du côté de Dinant, d'où il
devoit poufler des partis dans le Con-
dros & fur la Marche-en-famine ; les
Graffins & les la Morliere eurent ordre de leur côté d'inquiéter la communication de Luxembourg. M. le Maréchal poufla fon attention jufqu'à faire rompre tous les moulins de la Sambre, de l'Ornot, & de la Méhagne :
ce qui ôtoit aux Ennemis le pouvoir
de moudre fuffifamment de grain pour
une Armée auffi nombreufe. Tous
ces moyens réduifirent aifément dans
la difette des gens peu précautionnés
fur l'article des fubfiftances, & à qui
il ne reftoit d'autre reffource que la
Ville de Namur qu'ils avoient d'abord
épuifée ; avant pourtant d'abandonner
la partie, les Ennemis voulurent faire
une tentative pour nous réduire à nous
en aller, en s'emparant d'un grand
Convoi qui devoit nous venir, & en
rui-

ruinant l'établiſſement des fours & des magaſins que nous avions laiſſé dans Louvain, Ville fort grande, & point fortifiée.

M. le Maréchal croyoit la communication de ſes Convois bien aſſûrée au moyen des poſtes de Tervure, Louvain, Judoigne, Heilliſſem, & d'un gros Détachement qu'il envoyoit de l'Armée les chercher à Louvain; lorſqu'il reçut avis le 25. dans la nuit, que les Ennemis pouſſoient à Louvain un Corps de dix mille hommes avec du canon, l'on ajoûtoit que ce Corps marchoit laiſſant la Dille ſur la droite, & même qu'il avoit dépaſſé Vavre. M. le Maréchal avoit par hazard fait partir cette nuit-là deux Détachemens de ſix mille hommes chacun, pour enlever toutes les Troupes légeres qui pouvoient avoir paſſé la Méhagne: il écrivit ſur le champ aux deux Officiers qui les commandoient de ſe porter l'un ſur Vavre pour couper la retraite aux Ennemis, & à l'autre d'aller ſur Judoigne pour s'y joindre à M. de Clermont Gallerande, & ſe rendre avec lui à Louvain. Les Ennemis qui en furent avertis, & qui, à ce qu'on pré-

prétend, avoient été égarés dans leur
marche, retournerent avec une diligence extrême fur la Méhagne qu'ils
pafferent à Gemblour: ils poufferent
au grand Rofier fur leur flanc gauche,
M. Trips avec les Régimens de Ligne & Stirum Dragons, deux Bataillons de Croates & deux mille Huffars;
M. le Chevalier de Saint André qui
commandoit le Corps qui devoit aller
à Vavre, rencontra l'avant - garde de
M. Trips le 26. à la pointe du jour:
fix cens chevaux de la Gendarmerie,
la culbuterent & la poufferent dans
les hayes de Ramillies, où ils s'em-
parerent de deux pieces de Canon;
mais M. Trips ayant jetté fon Infanterie dans les hayes, le feu qui en fortit mit quelque défordre dans nos
Troupes qui avoient attaqué, & qui
n'étoient pas foûtenues de notre Infanterie qui avoit marché en avant à
Geft à Virompont. M. de Saint André ayant appris par les prifonniers
que le Détachement des Ennemis qui
en vouloit à Louvain étoit revenu,
prit le parti de marcher fur Judoigne
où il rejoignit M. du Chaila qui commandoit l'autre Détachement: M. le
Ma-

Maréchal leur envoya ordre de rentrer, & le Convoi arriva dans le
Camp ce même jour fans le moindre
accident.

Les Ennemis avoient envoyé leurs
équipages de l'autre côté de la Meuſe,
ſous la protection d'un gros Corps de
Troupes : cet avis joint à celui de leur
extrême diſette, annonçoit leur départ prochain. M. le Maréchal ſe
donnoit tous les ſoins poſſibles pour en
être informé à tems : il étoit réſolu,
ſi cela ſe pouvoit, de les attaquer dans
leur retraite, & à cet effet il avoit
fait jetter douze ponts ſur lá Méhagne.

Le 29. dans la nuit M. le Maréchal
ſçut que les Ennemis décampoient, &
qu'ils paſſoient la Meuſe à Selle, Andem & dans Namur, il envoya ordre
ſur le champ à Meſſieurs de Clermont
Gallerande & de Berchiny qu'il avoit
rapprochés la veille, de paſſer la Méhagne au jour pour s'avancer ſur Bourdine, pendant que M. d'Eſtrées paſ
ſeroit cette Riviere à Falais, & ſe
porteroit dans la droite du Camp des
Ennemis ; M. de Contade eut ordre en
même tems de ſuivre la Méhagne &
d'al-

d'aller joindre M. de Lowendal. L'Armée battit la générale & deux lignes
pafferent la Méhagne fur douze Colomnes ; les deux autres lignes refterent en Bataille à la tête du Camp ;
les deux lignes qui avoient paffé la
Méhagne s'avancerent jufqu'à Bourdine, où elles firent alte, le Païs par
de-là étant extrêmement plein de défilés & couvert de Bois.

Nos Corps avancés, malgré leur diligence, ne purent joindre les Ennemis qui avoient paffé la Meufe, &
réplié leurs ponts ; ces Détachemens
eurent ordre de fe tenir du côté de
Namur : & de la Baffe-Meufe : l'Armée campa ce jour-là dans la pofition
où elle fe trouvoit, la Méhagne entre
les lignes. M. le Maréchal logea dans
le Château de Bref.

M. de Lowendal avoit fait paffer la
Meufe à fes Troupes, pour occuper
la hauteur du Sart au-deffus d'Hui,
pofition extrêmement avantageufe, &
capable de protéger ce pofte infoûte-
nable fans cette précaution. M. le
Maréchal, dans le deffein d'ôter à
l'Ennemi toute envie d'attaquer M.
de Lowendal, & pour affûrer la tête
des

dés ponts qu'il ordonna qu'on jettât au-deſſous d'Hui, renforça ce Corps de Troupes de 12. Bataillons: il ſe rendit lui-même le 30. à Hui, viſita le Païs en avant juſqu'au Grand Modave qu'il trouva trop éloigné pour être occupé, & d'où il retira les deux Régimens de Dragons, & les Compagnies de Grénadiers qui y étoient aux ordres de M. de la Suze.

Le projet de M. le Maréchal étoit, qu'au cas que l'Ennemi s'opiniatrât à reſter ſous Namur, de paſſer la Meuſe, & de ſe porter du côté de Modave; ſoit pour l'obliger encore une fois à s'en aller, faute de ſubſiſtances: ſoit pour l'attaquer, s'il le falloit abſolument; car l'on ne pouvoit prendre Namur, que quand il s'en ſeroit éloigné. M. le Prince Charles n'attendit pas cette extrêmité, & ayant fait filer ſes équipages & ſon Artillerie, il dirigea ſa marche par Durbuy, Auvaille & Vervier ſur Dalem; quoiqu'elle fût extrémement difficile, à cauſe de la Nature du païs à traverſer. M. le Maréchal dans la vûe de rendre cette marche encore plus critique, envoya M. de Clermont Gallerande prendre
poſte

poſte avec ſon Corps de Troupes à la Chartreuſe de l'autre côté de Liege, avec ordre de harceler les Ennemis: Meſſieurs de Lowendal & de Ségur devoient de leur côté chercher à les inquiéter.

Dès que la têté de l'Armée des Ennemis eut paſſé l'Ourt, M. le Maréchal renforça M. de Clermont Gallerande de trois Brigades d'Infanterie, d'une de Cavalerie, des Régimens de Graſſins & de la Morliere, & d'une Brigade d'Artillerie que M. de Lowendal eut ordre de lui envoyer: ces Troupes trouverent M. de Clermont Gallerande repaſſant la Meuſe, le poſte de la Chartreuſe n'étant plus ſoûtenable, eu égard au Corps de Troupes que les Ennemis avoient déjà vis-à-vis de lui. M. de Clermont Gallerande ayant repaſſé la Meuſe, campa ſur les hauteurs de Liege, tout attenant le Fauxbourg de Sainte Valburge, il cantonna ſes Troupes légeres le long de la Meuſe.

M. le Maréchal ſentant la néceſſité d'avoir un Corps de Troupes qui pût par ſa poſition protéger celui M. de Clermont Gallerande, fit marcher à

G   Ans

Ans M. du Chaila avec la quatriéme ligne compofée de la Maifon du Roi, de la Brigade des Gardes, & des Carabiniers.

Les Ennemis ayant paffé la Riviere d'Ourt fe hâtoient de gagner Maftricht, où quelques recrues & de l'Artillerie venant du Rhin les attendoient.

Comme l'on a été furpris de ce que M. le Maréchal n'a pas paffé la Meufe avec fon Armée, & ne s'eft pas porté fur Vervier pour arrêter les Ennemis à la fortie des défilés: voici, ce me femble, les raifons qui l'en ont empêché : fi M le Maréchal eût fait retrogarder M. le Prince Charles, il n'eft pas douteux qu'il l'eût rejetté fur le Luxembourg, & par conféquent qu'il n'eût expofé nos Frontieres de Champagne & des Evêchez, qui étoient pour lors fans Troupes, & qui ne pouvoient en recevoir fur le champ, dans l'obligation où nous aurions été d'aller paffer entre Sambre & Meufe pour nous y rendre : d'ailleurs il n'y avoit qu'un feul pont à Liége, & il eût fallu pour en conftruire de nouveaux prendre les pontons néceffaires

pour

pour le fiége de Namur, ce qui eût retardé cette opération, qui attendu la faison avancée, ne pouvoit être différée : M le Maréchal prévoyoit auffi qu'en laiffant aller les Ennemis fur Maftricht ; ils fe portoient dans les terres de la domination d'Hollande, à qui cette démarche ne pouvoit être que très-onéreufe : M. le Maréchal concluoit que plûtôt de ruiner fes Troupes en marches & en contre-marches, il valoit beaucoup mieux s'affûrer des fuccès certains, & donner du repos à fes Troupes pour les mettre dans le cas d'entrer en bon état en Quartier d'hyver : réflexion bien judicieufe, & dont l'expérience nous a convaincu.

La retraite des Ennemis nous laiffant la liberté de prendre Namur : M. le Maréchal fit raffembler le 4. de Septembre au matin de l'autre côté de la Méhagne les Troupes de fon Armée deftinées à en faire le fiége : il avoit déjà envoyé ordre à M. de Ségur d'inveftir le 6. cette Place par la rive droite de la Meufe, conjointement avec le Corps de Troupes de M. de Chazeron qui s'étoit porté de Mezieres fur

Givet; la totalité des Troupes deftinées à affiéger Namur confiftoit en
cinquante · neuf Bataillons & en cin-
quante-fix Efcadrons : de ce nombre
trois Bataillons & quatre Efcadrons
ne font venus qu'après le fiége : la direction du fiége de Namur fut donnée
à S. A. S. M. le Comte de Clermont,
qui avoit fous fes ordres M. de Lowendal auprès de fa perfonne, M. de
Ségur pour commander dans la partie
d'Outre-Meufe, & M. de Villemur
pour l'entre-Sambre & Meufe, il n'y
eût que les Maréchaux de Camp qui
fervirent au fiége; tout étant difpofé
quelques jours après pour l'ouverture
de la tranchée : elle fut ouverte la nuit
du 12. au 13. devant la Ville.

Le 5. Septembre, l'Armée qui durant fon féjour au Camp de Villers,
avoit fait deux fourages généraux entre les deux Gettes, partit fur huit
Colomnes pour aller camper derriere
un Ruiffeau qui coupe la plaine de
Varem, la gauche au Jar, Varem
pour quartier général; l'on travailla
en arrivant à jetter des ponts fur le
Jar que l'Armée paffa le lendemain fur
huit Colomnes, elle porta fa gauche

à

à Tongres en avant duquel la Brigade
d'Infanterie de Mailly campa, la droite de l'Armée ne dépaſſa point la
chauſſée de Bruxelles à Liege: l'Armée campa ſur deux lignes, le Jar devant elle, M. le Maréchal ſe logea
dans le Château de Bethou qui fut
couvert de la Brigade de Navarre, &
du Régiment de Boſſobre Huſſars.

Les Campemens de l'Armée en partant de Bref, avoient été précedés de
quatre Régimens d'Huſſars qui s'é-
toient rendus à Lontin aux ordres de
Meſſieurs d'Eſtrées, de Berchiny &
d'Armentieres; ils y reçurent un renfort d'une Brigade de Cavalerie, d'une
d'Infanterie, d'un Régiment d'Huſſars, du Régiment de la Morliere &
de quelques pieces de Canon que leur
mena M. d'Autane Maréchal de Camp,
& qui leur fut envoyé du Corps de
M. de Clermont Gallerande : ils marcherent le jour ſuivant à Milmont.pour
veiller ſur ce qui pouroit paſſer la
Meuſe au guet de Viſet, ſur les hauteurs duquel le Général Trips étoit
campé avec ſon Corps de Troupes:
M. d'Eſtrées qui commandoit ce Détachement avoit ordre d'aller viſiter la

mon-

montagne Saint Pierre & ſes environs
pour prendre dans l'entre-deux du Jar
& de la Meuſe une poſition qui le mît
à portée d'avoir l'œil ſur tous les mouvemens de l'Ennemi: je ne peux paſſer ſous ſilence que M. d'Armentieres
& lui   car ils reſterent dans la ſuite
tous les deux ſeuls à la tête de ce
Corps avancé, y ont ſervi avec un zêle
& une aĉtivité qui leur ont fait un hon-
neur infini.

Deux jours après ſon arrivée à Tongres: M. le Maréchal alla avec un
Détachement viſiter le Camp de M.
d'Eſtrées, il y avoit donné rendez-
vous à Meſſieurs du Chaila & de Clermont Gallerande: M. le Comte d'Eſtrées avança ce jour-là ſon Camp juſqu'au deſſous d'Houtain, il en protégea le flanc gauche de quelques redoutes qu'il fit occuper par les Graſſins qui
l'avoient joint.

Les Troupes qui étoient reſtées dans
Hui n'y étant plus néceſſaires, M. de
Contades eut ordre d'en partir avec
douze Bataillons, & un Régiment de
Dragons: ces Troupes arriverent à
l'Armée le 7. au matin, & camperent
ſur notre flanc droit; le Régiment de
Gré-

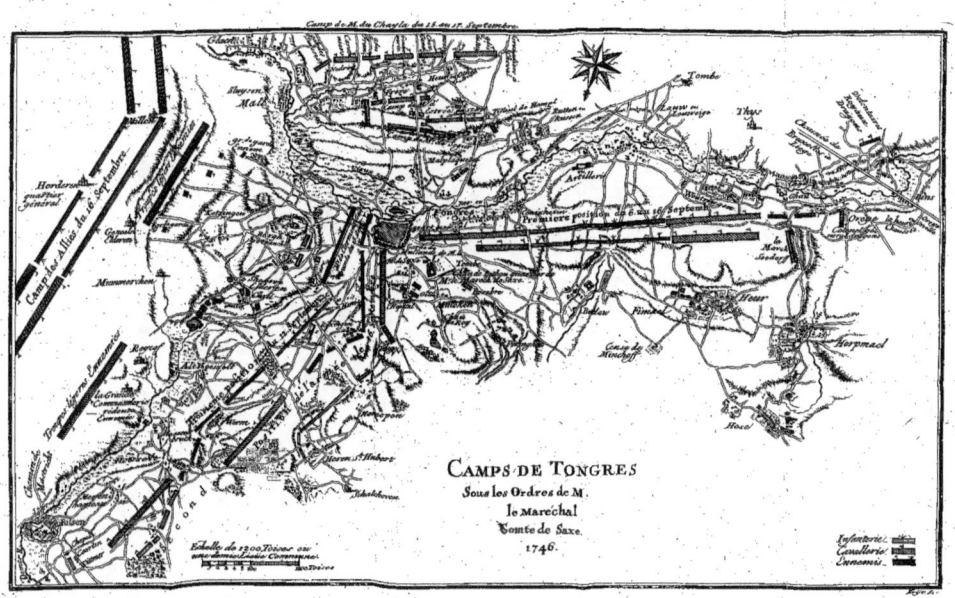

CAMPS DE TONGRES
Sous les Ordres de M.
le Maréchal
Comte de Saxe.
1746.

Grénadiers Royaux de Chaſtillon reſta dans Hui pour la garde de ce poſte.

Pour diminuer la fatigue des Troupes que les fréquentes Eſcortes de Bruxelles à l'Armée rendoient néceſſaires, M. le Maréchal fit avancer M. de S. Germain de Tervure à Tirlemont, avec les quatre Bataillons des milices de Micaut, & le Régiment Royal Dragons: il envoya en mémetems à S. Tron le Régiment de Saxe Volontaire, & celui des Cantabres qui s'étoient rendus d'abord en droiture d'Orp-le-grand à Borcloen: au moyen de ces arrangemens, la communication de Bruxelles à l'Armée fut aſſûrée: pour la protéger encore mieux du côté du Démer, les Volontaires Royaux que M. de Ségur avoit eu ordre d'envoyer à l'Armée fûrent placés peu de jours après ſur nos derrieres, & la Compagnie de Fiſcher fut envoyée du côté de Bilſen.

Les Ennemis étoient campés pour lors entre Viſet & Maſtricht; dans l'incertitude s'ils reſteroient dans cette poſition, ou s'ils paſſeroient la Meuſe, M. le Maréchal avoit fait jetter des ponts ſur le Jar, pour ſe porter à

leur

leur rencontre s'ils paſſoient la Meuſe
entre Liege & Maſtricht; & il avoit
fait ouvrir des marches derriere la
gauche de l'Armée, pour aller camper le long du Démer s'ils paſſoient la
Meuſe au deſſous de Maſtricht.

M le Maréchal inſtruit le 11. que
les Ennemis avoient pouſſé un Corps
de Troupes ſur la Montagne Saint
Pierre, envoya contre-ordre à l'Armée qui avoit battu la générale, &
qui devoit aller camper entre le Jar
& Liege, & jugeant bien que ce Corps
des Ennemis ne pouvoit être ſoûtenu:
il marcha la nuit du 11. au 12. pour
l'attaquer avec trois Brigades d'Infanterie & quatre de Cavalerie aux ordres
de M. de Salieres qui devoit être
joint, chemin faiſant, par Meſſieurs
du Chaila & de Clermont Gallerande:
M. de Mortagne devoit de ſon côté
avec ſes Volontaires Royaux ſuivre
le Jar, par la rive gauche juſqu'à
une lieue de Tongres, pour y donner
de l'inquiétude aux Ennemis; mais
M. le Maréchal fut obligé de renvo-
yer toutes les Troupes dans leur camp,
parce qu'il trouva les Ennemis campés dans le Camp des Romains, Camp
in-

inattaquable; d'ailleurs l'Armée des Ennemis qui avoit paſſé la Meuſe ſous Maſtricht, & qui campoit ſa gauche à cette ville, étoit à portée de protéger ce Corps avancé. M. le Maréchal fit cependant avant de ſe retirer, attaquer un Corps de Pandoures qui étoit en-deçà de la Meuſe, & donna ordre qu'on canonât le Corps de M. de Baronay campé ſur ſes bords près de Viſet: M. de Baronay leva ſon Camp au ſecond coup de canon: M. Danlezy chargé d'attaquer les Pandoures culbuta tout ce qui étoit en-deçà de la Riviere, au point que l'Ennemi y perdit près de ſix cens Hommes.

Le 13. M. du Chaila vint camper ſur le Ruiſſeau de Frere, & à portée de protéger M. le Comte d'Eſtrées: ce dernier s'étoit retiré d'Houtain: il avoit renvoyé à l'Armée la Brigade de Cavalerie d'Orleans, qui avoit été remplacée par deux Régimens de Dragons du Corps de M. de Clermont Gallerande: les autres Troupes qui étoient aux ordres de M. de Clermont Gallerande avoient rejoint l'Armée: leur Camp avoit été marqué en avant de Tongres, à la gauche de la Briga-

G 5

de

de de Mailly : M. de Clermont Gallerande eut le commandement de ce
Corps avancé qu'on renforça d'abord
des Grénadiers Royaux de Chabrillant, & dans la suite de la Brigade de
la Couronne.

M. le Maréchal en quittant les environs de Liege demanda au Prince &
aux Etats que leur Ville vécût dans
la plus exacte neutralité, en ne laissant
approcher de Liege aucunes Troupes
de plus près qu'une lieuë : les Etats de
Liege le proposerent à M. le Prince
Charles, qui, après une déliberation de
trois jours, fit une réponse qui ne dé-
cidoit rien.

Les Ennemis ayant passé la Meuse,
il convenoit de prendre une position
qui les empêchât de se porter sur notre gauche, & d'interrompre nos Convois : en conséquence M. le Maréchal
fit faire un mouvement à son Armée,
il porta sa droite au Jar un peu en
avant de Tongres vers Maftricht : sa
gauche à Bilsen qu'il fit occuper par
1200. hommes qui y devancerent M.
Trips : ce dernier s'étoit emparé au-
deffous de la Commanderie du Vieux
Jonc, d'un pont sur le Démer, que M.
le

le Maréchal qui étoit préfent fit attaquer fur le champ par les Volontaires
Royaux; ils en chafferent les Pandoures avec beaucoup de valeur, & fe
foûtinrent dans ce pofte malgré leur
petit nombre jufqu'à l'arrivée de quelques Compagnies de Grénadiers &
du Canon qui marchoient à notre avant-
garde.

L'Armée campa dans ce nouveau
Camp, fur deux lignes & en ordre de
Bataille: l'Artillerie fut placée en a-
vant des cinq Brigades d'Infanterie du
Corps de M. de Clermont Gallerande,
qui ne bougea point non plus que le
quartier général.

M. du Chaila vint ce même jour
camper derriere le Jar fa gauche à
Tongres: M· d'Eftrées fe réplia avec
fes Troupes légeres en dedans du Ruiffeau de Frere.

La pofition que M. le Maréchal venoit de prendre, étoit d'autant plus
avantageufe qu'elle couvroit tout le
Brabant & empêchoit l'Ennemi de fe
couler entre la Meufe & le Jar pour
aller inquiéter le fiége de Namur:
cette pofition inconnue jufqu'alors &
dans laquelle les Ennemis n'ont pas
ofé

ofé nous inquiéter, quoiqu'ils fûffent
fupérieurs, juftifie ce coup d'œil qui
fait un des grands talens du Général.

Les Ennemis firent un mouvement
le lendemain du nôtre: ils porterent
leur droite à Spaven, en avant duquel M. Trips refta campé, leur gauche appuyoit au Jar entre Glaën &
Emaël.

Les déferteurs affûrant que nous devions être attaqués: ce qui paroiffoit
vraifemblable, vû la force des Ennemis & leur proximité: M. le Maréchal vifita tout le front du Camp jufqu'à Hoeffelt; il ordonna qu'on forti-
fiât le Hameau & Cimetiere de Tongelberg avec une Batterie fur fon
Front & deux redoutes fur fes flancs:
il chargea les Majors des Brigades qui
devoient défendre ce pofte, du foin
de reconnoître leur terrein & de l'ac-
commoder; mais il défendit que les
Corps entiers paffaffent la nuit au bivouac, les piquets feuls y couchoient;
M. le Maréchal fit conduire en même-
tems du canon fur le rempart de Tongres, dont la défenfe étoit confiée dans
le béfoin à M. le Duc de Biron. Le
voifinage des Ennemis pouvant leur
don-

donner la fantaisie de venir reconnoître de près nos travaux : M. le Maréchal pour les éloigner, fit avancer
quatre pieces de canon fur une Juftice
qui étoit en avant de Tongelberg ; une
partie de nos Volontaires reftoit toûjours embufquée dans un petit Bois qui
étoit fur la gauche de cette Juftice :
M. le Maréchal changea aufli quelque
chofe dans la difpofition de fon Armée :
il rapprocha toute fon Infanterie du
Démer & la porta en premiere ligne,
depuis Tongres jufqu'à Hoeffelt : les
deux lignes de l'aîle droite camperent
en feconde ligne derriere l'Infanterie.
Les précautions de M. le Maréchal
jointes à la bonté du Camp nous affûroient d'une victoire certaine, fi l'Ennemi eût marché fur nous.

M. le Maréchal ayant prévu que
les Ennemis viendroient occuper le
Camp où ils étoient, avoit fait fourager ce terrain le 10. aux ordres de M.
de Fenelon.

Les Ennemis obligés de faire boire
au Jar, dans la crainte d'être inquie-
tés, occuperent un Château à l'em-
bouchure du Ruiffeau de Frere, mais
M. le Maréchal les en aiant dépoftés : ils
ne

ne tarderent pas à avancer fur leur
flanc gauche un gros Bivouac de Grénadiers, tant pour protéger leurs abreuvoirs, que pour la garde des ponts qu'ils
jetterent fur le Jar.

Il ne fe paffoit guéres de jour, que
M. le Maréchal n'allât à la juftice de
Tongelberg: pour obferver les Ennemis: fa garde d'Hullans y étoit fouvent
aux prifes avec une grande garde
d'Huffars que les Ennemis avoient fur
le Front de leur gauche: ces petites
efcarmouches occafionnoient de part &
d'autre la perte de quelques hommes,
& de quelques chevaux.

Les Ennemis ayant envoyé un Détachement d'Huffars du côté de Péer
pour empêcher les Habitans de ce païs
de nous porter des fourages, M. de
Boffobre y avoit marché avec fix cens
chevaux. M. de Boffobre n'étoit pas
rentré dans le Camp que les Huffars
Ennemis fe rejetterent de l'autre côté
de Dieft: ils y attaquerent fur la
chauffée de Bruxelles deux Détachemens de Dragons dont l'un de Royal,
& l'autre de Septimanie: mais ils y
furent également repouffés.

Pour mieux protéger le Démer, M.
le

le Maréchal envoya occuper Haſſelt
par un Détachement de mille hommes
aux ordres de M. du Rouget: la compagnie des Croates qui s'étoit comple-
tée de nouveau y marcha auſſi: Dippenbek fut gardé par la compagnie de
Fiſcher; un Lieutenant Colonel avec
deux cens Fuſiliers détachés du poſte
de Bilſen défendoit l'entre - deux de
Dippenbek & de Bilſen : M. le Maréchal envoya en même tems des
partis des Volontaires Royaux ſur
Herch & ſur Tirlemont, & comme
l'on prétendoit qu'il s'étoit coulé des
Huſſars du côté des Gettes, deux cens
des nôtres eûrent ordre d'aller fouiller
tout le Païs juſqu'auprès de Mons.

Il y avoit eu des avis que les Ennemis qui avoient toûjours eu des Troupes Légeres à Viſet, les avoient fait
marcher le long de la rive droite de
la Meuſe ſur Hui. dans le deſſein d'enlever ce poſte, mais ces nouvelles ſe
trouverent ſans fondement ; ce poſte
devenant inutile par la reddition de la
priſe de Namur, le Régiment des
Grénadiers Royaux de Châtillon qui
le gardoit, eut ordre de réjoindre l'Armée.

Quoi-

Quoique les Ennemis euffent pouffé des partis fur la chauffée de Liege à Tongres, M. le Comte d'Eftrées ne laiffoit pas de faire des fourages dans la plaine qui eft entre cette chauffée & celle de Bruxelles: la Maifon du Roi faifoit les fiens de l'autre côté du Jar vers Varem: l'Armée fourageoit fur fes derrieres ou le long du Démer, en le defcendant par fa rive gauche: l'on avoit d'abord voulu faire une efpéce d'arrangement avec le païs de Liege pour qu'il fe chargeât de diftribuer les fourages; mais ce projet n'ayant pu avoir lieu, l'on avoit l'attention de faire obferver dans les fourages la plus exacte difcipline, & de faire prendre des notes de leur quantité, pour en tenir compte au Païs.

Les Ennemis reftant tranquilles, & y ayant toute apparence que la prife de Namur les détermineroit à repaffer la Meufe, S. A. S. M. le Duc de Penthievre qui a commandé la Cavalerie cette campagne, & qui au départ du Roi étoit refté à l'Armée, partit pour la Cour. Quoique ce Prince ait eu pendant quelque tems une fanté fort chancélante, il n'a pas laiffé de donner

les

les marques les plus décidées de son zêle & de son application.

La Ville de Namur prise, partie des Troupes qui avoient servi à ce siége devenant inutile à S. A. S. le Comte de Clermont, ce Prince fit partir le 20. de Septembre M. de Ségur avec 19. Bataillons & un pareil nombre d'Escadrons pour se rendre à Bref, où ces Troupes arriverent le 21, & d'où elles se rendirent le 22. à Oreille, où elles camperent : la gauche au Jar, le long de la chaussée de Bruxelles à Liege.

Le 23. au matin: M. le Maréchal monta à Cheval, & se porta sur le Ravin de Slings : les Ennemis occupoient pour-lors Glaën avec des postes avancés sur la hauteur de ce Village : M. le Maréchal jugeant que ce mouvement n'étoit pas sans dessein, & qu'il pourroit bien prendre envie aux Ennemis de passer le Jar, résolut pour les resserrer, de faire avancer le Corps de M. de Ségur sur le Ravin de Slings : il lui envoya ses ordres par M. le Chevalier d'Espagnac, Aide-Maréchal des logis de l'Armée, qui ne fut pas peu étonné en voulant marquer le

H   Camp,

Camp, de voir les Ennemis en faire
autant de l'autre côté du Ravin, &
d'appercevoir leurs Colomnes defcendant la hauteur pour venir l'occuper.
M. le Comte d'Eftrées qui étoit préfent, jugea qu'on ne pouvoit rien
faire fans de nouveaux ordres de M.
le Maréchal qu'on fut avertir, & qui
arriva fur le champ pour reconnoître
les Ennemis; mais un brouillard qui
furvint l'empêchant de rien diftinguer,
il fit camper le Corps de M. de Ségur en dedans du Ruiffeau de Frere.
M. de Ségur à fon départ de Bref &
d'Oreille, y avoit laiffé deux Détachemens pour attendre fon Convoi de
pain qui lui arriva fans accident.

M. le Maréchal penfant fur le rapport de fes Efpions, que les Ennemis
n'avoient fait paffer le Jar qu'à des
Troupes légeres, marcha le 25. avec
les Corps de Meffieurs d'Eftrées & de
Ségur foûtenus de la Maifon du Roi,
pour attaquer ce qui avoit paffé; un
Corps de Cavalerie étoit cependant en
Bataille fur la rive gauche du Jar,
pour y tenir le Camp des Ennemis en
refpect. M. le Maréchal arrivé fur
le Ravin de Slings renonça à fon projet,

jet, & fit rentrer les Troupes qui avoient marché: en effet non feulement les approches du Camp des Ennemis étoient impraticables, mais ce Camp étoit compofé de toutes les Troupes Hollandoifes, de quelques Troupes Angloifes, & d'un Corps de Troupes légeres Autrichiennes.

Les deux Armées refterent dans cette pofition jufqu'au 7: l'on fit de part & d'autre des fourages qui furent tranquilles.

Un gros Corps d'Huffars ayant replié fur la hauteur de Frere, la garde à Cheval que nous y avions, l'Officier qui la commandoit reprit fon pofte, & repouffa les Ennemis avec perte.

M. de Palphy qui commandoit les Troupes Légeres qui campoient à la gauche des Hollandois, faifant des courfes d'Huffars fur notre flanc droit, le Régiment de Boffobre qui étoit refté jufqu'alors devant le quartier de M. le Maréchal, alla camper à la droite de la Maifon du Roi, avec ordre de veiller fur cette partie.

Il paroiffoit que la prife des Châteaux de Namur, dont la Garnifon prifonniere de guerre devoit être con-

dui-

duite à Mons, fous l'escorte du Régiment du Roi Dragons, ne laissoit plus
rien à faire pour cette Campagne; car
on ne donne guéres une Bataille pour
le plaisir de la donner, mais la démarche hazardée des Ennemis de se mettre à Cheval fur le Jar donnant prise
fur eux, M. le Maréchal résolut de
les attaquer, & connoissant toutes les
difficultés de le faire de front, à cause
des Ravins, & autres obstacles qui
protégeoient la tête de leur Camp, il
se détermina à les tourner par le côté
de Liege : à cet effet il envoya ordre
à S. A. S. M. le Comte de Clermont
de laisser dans Namur la Brigade de
Crillon & le Régiment des Dragons
d'Asfeld, & de se porter avec le reste
de ses Troupes fur Oreille, d'où il
devoit marcher à Villers-Saint-Simeon
pour tourner les Hollandois par leur
gauche; mais dès que les Ennemis ap-
prirent le mouvement du Corps de S.
A. S. M. le Comte de Clermont, ils
se douterent du projet de M. le Maréchal, & croyant se mettre en sûreté, ils firent passer le Jar à celles de
leurs Troupes qui campoient à sa rive
gauche, pour aller prendre cette po-

fition extraordinaire qui a déterminé
la Bataille de Raucoux.

M. le Maréchal inftruit le 7. au
point du jour que M. le Prince Charles
décampoit, fit fortir du Camp, le long
des deux rives du Jar, quèlques Brigades d'Infanterie, de Cavalerie & d'Artillerie: l'Armée en même tems eut
ordre de fe tenir prête à marcher; l'on
canona de droite & de gauche du Jar,
l'arriere-garde des Ennemis qu'on fuivit jufqu'au Village de Slings, que
l'on n'attaqua pas, parce que M. le
Maréchal fe douta avec raifon qu'il é-
toit foûtenu de toute l'Infanterie des
Ennemis, qui perdirent ce jour-là
trois à quatre mille hommes, ce qui
paroît incroyable. Les Régimens de
Cavalerie de Vintimille & de Saint-
Jal qui avoient paffé le Ravin à la
droite avec un Détachement d'Hullans s'y comporterent avec une fermeté qui mérite des éloges particuliers;
les Volontaires Royaux en firent autant à la gauche: M. de Châtillon
avec fes Volontaires à pied chafla à
cette gauche les Ennemis du Village
de Glaën: ce même M. de Châtillon
avoit fait au Camp de Villers une

H 3   ac-

action de distinction, s'étant battu du
côté de Judoigne & en Plaine, contre un Détachement d'Huffars bien
fupérieur au fien.

Le 8. au matin : notre Armée changea de pofition & reprit fon ancien
Camp le long du Jar; elle porta fa
droite à Oreille, fa gauche à Ton-
gres; la Maifon du Roi campa en
troifiéme ligne; le Corps de M. de
Clermont-Gallerande ne changea point,
on laiffa derriere lui & à fa main deux
Brigades de Cavalerie de la feconde
ligne de l'aîle droite: le Corps de S.
A. S. M. le Comte de Clermont arriva ce même jour à la droite de l'Armée à laquelle il appuya fa gauche:
M le Maréchal avoit envoyé ordre à
M. de Putanges qui étoit du côté de
Sédan, avec trois Bataillons de Royal
Suédois & les quatre Efcadrons de
Naffau, de joindre S. A. S. M. le
Comte de Clermont fous Namur;
mais quelque diligence qu'il eût pû
faire, il l'avoit trouvé parti, il le
joignit cependant le 10. au foir veille
de la Bataille.

L'on croyoit dans l'Armée que les
Ennemis ayant paffé le Jar, nous ne
tar-

tarderions pas à aller dans nos quar-
d'hyver, & qu'il ne fe pafferoit plus
rien d'intéreffant; de forte qu'on ne
fut pas peu étonné, le 9. au matin, de
voir donner l'ordre pour marcher aux
Ennemis: avant d'entrer dans le détail
des belles difpofitions que fit M. le
Maréchal pour aller à eux, il eft à
propos, ce me femble, que je dife
un mot de fes Projets. Ayant rempli
tous ceux qu'il avoit medités, il n'eft
pas douteux qu'il ne vouloit pas donner de Bataille, à moins d'un avantage certain; mais auffi il penfoit qu'il
ne lui convenoit pas avec une fupériorité de Troupes, telle que celle
qu'il avoit pour lors, de laiffer les Ennemis en - deçà de la Meufe, maîtres
par conféquent de l'inquiéter dans fes
mouvemens; ainfi il eft fûr qu'il n'eût
pas quitté le Jar que les Ennemis
n'euffent pris leur parti & qu'il ne les
eût obligés de façon ou d'autre à repaffer la Meufe; il apprit le 8. au
matin que les Ennemis étoient campés
finguliérement; leur droite vers Houtain, leur gauche à Grace au - deffus
de Liege, ayant la Meufe fur leurs
derrieres, à laquelle il ne communi-

H 4   quoient

quoient que difficilement; il fut informé auſſi qu'ils avoient peu de profon-
deur dans leur Camp, & que leur
centre étoit coupé par deux Ravins,
dont l'un va au Jar & l'autre à la
Meuſe, & qui ſe rapprochant vers
Milmont ne laiſſoient pour toute communication de la moitié de l'Armée à
l'autre qu'une trouée très-étroite; M.
le Maréchal eut peine à croire cette
témérité de leur part, mais un ſecond
avis lui ayant confirmé le premier, il
travailla la nuit du 8. au 9. aux diſpoſitions pour marcher aux Ennemis, je
les ai fait imprimer en forme d'ordre
de Bataille pour donner une idée plus
correcte de cet arrangement; peut-
étre y a-t-il quelque erreur dans la
poſition de Meſſieurs les Officiers Généraux, par rapport aux différens
changemens qu'il y a eu dans les ordres de Bataille, mais elle ne tire point
à conſéquence ne regardant point ceux
qui ont attaqué.

Ex-

Extrait de l'Ordre du 9. au 10. au
Camp de Tongres.

A la poudre & aux balles toute à
l'heure.

TOute l'Armée précédée de ſes
Campemens partira demain 10.
de ſon Camp, pour paſſer le Jar &
aller camper dans l'ordre où elle doit
combattre : le Corps de Bataille & les
deux Réſerves principales camperont
ſur quatre lignes, entre les deux
chauſſées qui vont à Liege, la droite
à Hognoul, la gauche à Neudorp.

Les deux Corps qui doivent être
détachés ſur la droite, camperont à
la droite de l'Armée, tâchant de dé-
paſſer Bierſai & la gauche des Ennemis.

Les deux Corps qui doivent être détachés ſur la gauche, camperont à la
gauche de l'Armée, & maſqueront le
Ravin de Slings, depuis la hauteur de
ce Village juſqu'au Jar.

M. le Comte d'Eſtrées qui ſera renforcé dès aujourd'hui de deux Brigades d'Infanterie, & de quatorze Eſcadrons,

H 5

drons , couvrira les campemens , &
n'ira prendre fon Camp que quand celui de l'Armée fera marqué.

L'Artillerie qui, felon l'état envoyé
à M. de Malézieux, doit être diftri-
buée aux Corps détachés, & fur la ligne, fera rendue avant la générale, à
chaque divifion: le refte de l'Artillerie marchera mi - partie fur les deux
chauffées, & parquera à côté de l'une
& de l'autre, entre la premiere & la
feconde ligne.

Tous les Equipages s'affembleront
demain à dix heures du matin, fous
les ramparts de Tongres : il fera laiffé
deux Bataillons de Grénadiers Royaux,
fix cens chevaux, & quatre piéces
de Canon de quatre livres pour leur
protection & pour celle de la Ville.

Chaque Lieutenant Général pourra
emmener avec lui trois Mulets, le Maréchal de Camp deux, chaque Brigadier ou Colonel un.

Tous les Poftes de l'Armée, à la re-
ferve de celui d'Haffelt qui reviendra
au jour, rentreront demain à trois
heures après midi : il fera envoyé à
l'affemblée quatre cens chevaux fur la
hauteur d'Hoeffelt, pour y attendre
le

le Poste de Bilsen, & protéger sa retraite.

Messieurs les Officiers Généraux qui
doivent commander des Corps séparés
ou des Reserves, viendront ce soir
prendre les ordres de M. le Maréchal.

L'Armée se mit en marche le 10.
sans Equipages pour aller camper dans
la Plaine qui est entre la chaussée de
Tongres & celle de S. Tron à Liege,
elle y campa sur quatre lignes, la
droite à Hognoul, la gauche à Neudorp.

Le Corps de S. A. S. M. le Comte
de Clermont, & celui de M. le Comte d'Estrées destinés à former l'attaque de la gauche des Ennemis & à les
tourner, camperent de l'autre côté
d'Hognoul: cette droite dépassoit Bier-
sai ainsi que la gauche des Ennemis.

Le Corps de reserve de M. de Clermont Gallerande, & celui de M. de
Mortagne qui devoient tenir en res-
pect la droite des Ennemis ou former
l'attaque de la gauche, camperent de
l'autre côté de Neudorp, en potence
le long du Ravin de Slings; leur
gauche tomboit vers Glaën sur le Jar.

Nous ne vimes au campement que
des

des Huſſars qui fuſillerent avec nos Poſtes avancés, & l'on en prit quelques-uns.

L'Armée des Ennemis reſta dans ſon Camp juſqu'à trois heures qu'elle détendit pour ſe mettre en Bataille.

Extrait de l'Ordre du 10. *au* 11. *au Camp d'Othey.*

Toute l'Armée laiſſera le Camp tendu ſous la protection des vieilles Gardes de Cavalerie, & des Gardes du Camp de chaque Bataillon.

L'Armée marchera quand M. le Maréchal l'ordonnera: l'Artillerie prenant la tête de chacune des diviſions qui lui eſt aſſignée, & précedée de cent travailleurs.

Le Corps d'Armée ou de Bataille marchera ſur dix Colomnes, à hauteur les unes des autres, ſur un Bataillon, ou un Eſcadron de front.

Les Corps détachés de la droite & de la gauche, marcheront ſur autant de Colomnes que ceux qui les commandent jugeront pouvoir le faire, eu égard à l'objet de leur opération & à la nature du terrein ; comme ces

Corps

Corps doivent commencer les attaques, l'on leur laiffera les chauffées
libres, & les deux parties l'Artillerie
qui ne font point employées marcheront à leur fuite.

Un Officier Major par Brigade fe
tiéndra auprès de M. le Maréchal qui
fera dans le centre, pour recevoir &
porter fes ordres.

Le 11. environ les huit heures du
matin, le tems s'étant éclairci après
un orage confidérable, l'Armée fe mit
en mouvement laiffant fon Camp tendu: elle marcha fur dix Colomnes ,
dont fix d'Infanterie: les Referves marcherent fur quatre Colomnes; toutes
les Colomnes avoient des Travailleurs à
leur tête pour ouvrir les Ravins qui
font fréquents dans cette Plaine: chaque Colomne d'Infanterie étoit précédée de dix pieces de canon, avec
quatre Compagnies de Grénadiers pour
les protéger: toutes les Colomnes a-
voient ordre de marcher à hauteur les
unes des autres: elles arriverent environ midi à la portée du canon des
Ennemis, & dès quelles parurent, ce
Canon commença à tirer, & continua
juf-

juſqu'a l'attaque qui ne put avoir lieu qu'à deux heures & demie.

Ordre envoyé par M. le Maréchal aux droites & aux gauches, en ſe for- mant devant l'Ennemi.

Que les attaques réuſſiſſent ou non, les Troupes reſteront dans la poſition où la nuit les trouvera, pour recom- mencer au jour à attaquer l'Ennemi.

La gauche des Ennemis s'étoit re- pliée dans la nuit du 10. au 11. pour venir s'appuyer au Village d'Ans: le Corps de M. le Comte d'Eſtrées paſſa au travers du vieux Camp de la gauche des Ennemis pour s'appro- cher de ce Village, devant lequel il forma en Bataille ſa Cavalerie & ſes Huſſars. Un moment après S. A. S. M. le Comte de Clermont & M. de Lowendal arriverent, & ayant joint quelques Brigades d'Infanterie avec celles de M. d'Eſtrées, l'on fit les diſpoſitions pour attaquer le Village d'Ans.

L'Infanterie légere de Graſſins & de la Morliere compoſée de ſept cent hommes, fut placée de façon à pou- voir

voir tourner le Village d'Ans par la droite. La Brigade de Picardie ayant huit compagnies de Grénadiers à ſa tête aux ordres de Meſſieurs de Fiennes & de Montbarey, avoit la droite de l'attaque, avec la Brigade de Monaco à ſa gauche ſur deux lignes, aux ordres de M. de Froulay. La Brigade de Ségur en Colomne devoit marcher à côté de celle de Monaco, & celle de Bourbon ſur deux lignes fermoit la gauche; ces deux Brigades étoient aux ordres de M. de Saint Germain avec quatre petites piéces légeres : à la gauche du tout furent placées vingt piéces de canon en deux Batteries, dont l'une battoit l'Infanterie qui étoit ſur le flanc de la Cavalerie ennemie, & l'autre tiroit à leurs Batteries. La premiere de nos Batteries appuyoit au Ravin: elle étoit ſoûtenue par une Brigade d'Infanterie: la ſeconde Batterie devoit ſuivre le flanc gauche de la Brigade de Bourbon: dix Eſcadrons de Dragons furent mis en arriere de ces Batteries, & 14. Eſcadrons de Cavalerie ſur la même ligne que les Dragons, à environ ſix-cens pas de la Cavalerie ennemie. M. de Roſen comman-

mandoit la divifion de Cavalerie, avec
ordre de charger quand il le jugeroit à
propos. M. d'Armentieres avec les
Troupes légeres à Cheval éclairoit les
derrieres, & devoit fuivre l'Ennemi
dans fa retraite: le Corps de S. A. S.
M. le Comte de Clermont étoit formé
à portée de cette difpofition pour la
foûtenir.

L'Aîle droite de l'Armée étoit en
Bataille fur deux lignes, à peu près à
la hauteur du Corps de Cavalerie de
M. de Rofen, & à peu de diftance
de la Chauffée de S. Tron, ayant devant foi de la Cavalerie Hollandoife
qui avoit fur fon front un Ravin occupé par quelques Bataillons: notre centre dépaffoit le Village de Lontain, a-
yant en face une Redoute & un Redan
qu'occupoient les Ennemis; & fur fa
gauche les Villages de Varoux & de
Raucoux: l'Aîle gauche & le Corps détaché de la gauche fe prolongeoient
jufqu'au Ravin, laiffant derriere foi le
Village de Villers-Saint-Simeon gardé par la Brigade de Vitmer, avec
le Village de Lier en avant: le Corps
de M. de Mortagne étoit en arriere
de la gauche, mafquant le Ravin de
Slings.

Slings. La Réferve de M. du Chayla & celle de M. de Contade étoient for- mées fur plufieurs lignes derriere le Corps de Bataille.

Voici quelle étoit la difpofition des Alliés.

Les Autrichiens appuyoient leur droite au Village d'Houtain, prolon- geant leur gauche jufqu'à celui de Lier où étoient quelques Bataillons Ha- novriens, & à portée duquel les Au- trichiens avoient de la Cavalerie en Ba- taille, avec une Batterie de canon tout attenant la Cenfe d'Enik, pour pren- dre en flanc notre gauche: le centre des Ennemis étoit formé des Anglois, Hanovriens, & Heffois, dont douze Bataillons deffendoient les Villages de Varoux & de Raucoux avec de la Ca- valerie derrierre pour les foûtenir: les Hollandois qui fermoient la gauche de l'Armée Alliée avoient leur droite un peu en arriere du Village de Raucoux: leur centre étoit couvert par une Re- doute & un Rédan où ils avoient des Batteries de gros canon. Depuis ces Batteries jufqu'au Village d'Ans où fe terminoit leur gauche, leur Cavalerie étoit en Bataille fur plufieurs lignes,

I

ayant devant elle quant à l'Armée, un Ravin protégé par de l'Infanterie, & au bout duquel étoit une Cenfe qu'ils occupoient avec du canon, de droite & de gauche : quelques Pandoures & Huffars du Corps de M. de Baronay étoient par pelotons auprès de cette Cenfe.

Trente-fix de nos piéces de canon des Corps détachés de la droite commencerent à tirer avec un tel fuccès, qu'elles démonterent une Batterie de huit piéces de canon & de deux haubitz, qui pendant les premiers momens, avoit affez incommodé la Brigade de Champagne ainfi que notre Cavalerie.

La quatriéme décharge de notre canon étant faite : nos Troupes fe mirent en mouvement dans le plus grand ordre, & marcherent aux premieres hayes, d'où la Brigade de Picardie chaffa les Pandoures ; nous étions pour lors au bord du grand chemin qui mene de S. Tron à Liege : l'on fit avancer la groffe Artillerie, & après quelques décharges, l'attaque du Village d'Ans commença. La Brigade de Picardie foûtenue par celle de Monaco, forçoit

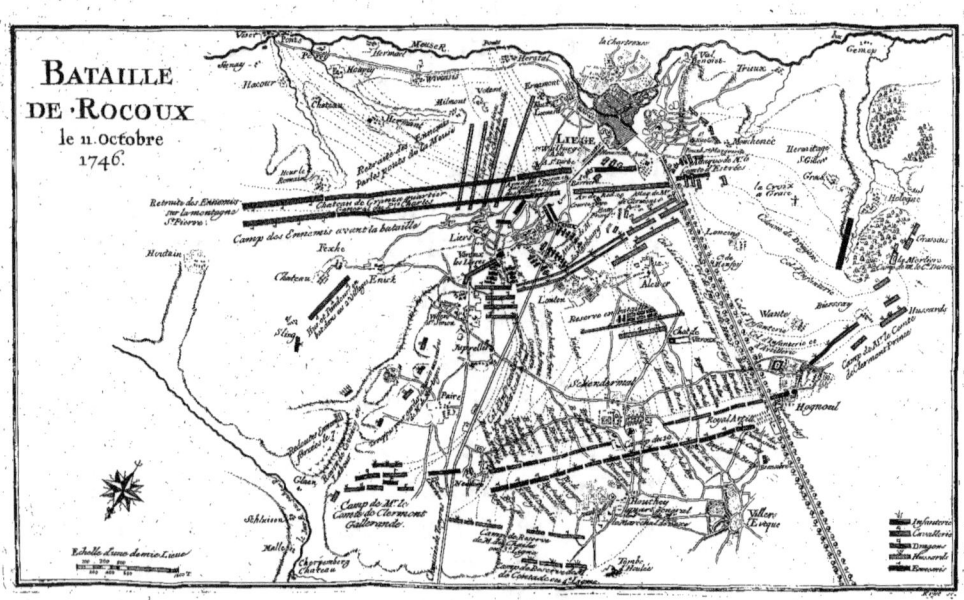

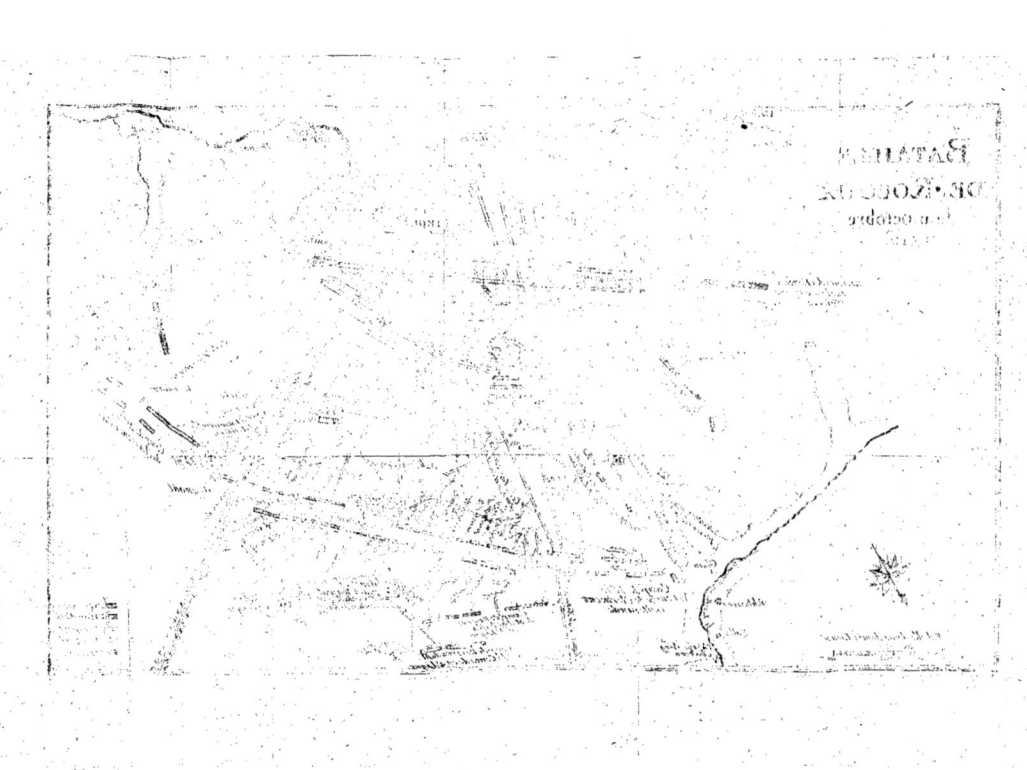

çoit les hayes dont on s'emparoit fuc-
ceffivement, pendant que la Brigade
de Ségur marchoit en Colomne fur le
front du Village, étant foûtenue par
celle de Bourbon : ce moment fut très-
vif, mais fans aucun défordre. On
s'empara à la fois de toutes les pré-
mieres hayes : l'Infanterie ennemie qui
bordoit le Ravin ne pouvant foûtenir
notre feu, fe retira dans la Plaine,
& abandonna fix piéces de canon.

La Cavalerie Hollandoife fit dans
ce moment-là un mouvement auda-
cieux, mais dont elle ne put tirer tout
l'avantage qu'elle fembloit en attendre : environ dix Efcadrons fur deux
lignes vinrent prendre la place de l'Infanterie, & voulurent attaquer le Régiment de Beaujolois : qui franchiffant
le hayes, n'étoit pas encore entiérement formé. Les foldats ayant repris
leur rang, ce Bataillon marcha à la Cavalerie, dont une partie commencoit
déja à paffer le Ravin : la décharge fut
faite à propos, & cette Cavalerie mi-
fe en défordre : elle fe rallia cependant, & voulut revenir à la charge :
mais un autre Bataillon ayant bordé fur
le chemp le Ravin, cette Cavalerie fut

obli-

obligée par la vivacité de notre feu de
fe retirer, quoiqu'elle fe fût avancée
jufqu'à douze pas. Les Brigades de
Picardie, de Monaco & de Ségur a-
cheverent de forcer les hayes, un
moment après toute notre Infanterie fe
trouva border le Ravin.

Cependant notre Cavalerie des Corps
détachés de la droite avoit tenté vai-
nement de charger celle des Hollandois qui avoit fur fon front un chemin
creux, lequel n'avoit pu être reconnu
avant l'attaque, & qui empêchoit M.
de Rofen de paffer; elle reçut ordre
de s'avancer, pour déboucher en défi-
lant par quatre, fous le feu de notre
Infanterie.

Quelques Bataillons ayant voulu à
droite fortir des hayes, cette action
trop hardie rendit le moment critique:
la Cavalerie ennemie s'étoit ralliée, de
même qu'un gros Corps d'Infanterie
qui s'avança pour attaquer de nouveau
le Village d'Ans : ce Corps répouffa
d'abord nos Bataillons jufqu'aux hayes,
mais ils furent protégés par trois autres Bataillons qui flanquoient fi bien
cette ligne, que l'Infanterie ennemie
ne pouvant foûtenir le feu de front &
de

de flanc, prît le parti de fe retirer,
& ne parut plus : notre canon qui étoit
arrivé & qui tiroit continuellement
fur la Cavalerie ennemie, l'obligea auffi de quitter la place.

Ces attaques & le feu du canon ayant forcé les Troupes de l'aîle gauche
de l'Ennemi à s'éloigner de plus de fix
cens pas, on profita de ce moment
pour avancer le canon, & faire déboucher huit Bataillons à deux cens pas
dans la Plaine, fans quitter néanmoins
le point d'appui que nous avions à notre droite, dont l'Infanterie couvroit
le flanc : on forma en même tems une
feconde ligne d'Infanterie dans les hayes, & pendant que la Brigade de Rofen fe mettoit en Bataille à la gauche
de la premiere ligne, le feu de l'Artillerie ayant obligé l'Ennemi de s'éloigner la premiere ligne marcha en avant,
& la feconde paffa les hayes, ayant à
fa gauche la Brigade de S. Jal.

Durant ces mouvemens des Corps
détachés de la droite: l'Infanterie du
Corps détaché de la gauche, compofée
des Brigades de Mailly, de Brétagne
d'Artois, & du Régiment des Grénadiers Royaux de Chabrillant, devoit

I 3   at-

attaquer Lier, tant pour fe porter, s'il étoit poffible, à la trouée qui fervoit de communication à l'Armée des Ennemis, que pour les diftraire & les empêcher de renforcer leur gauche. Meffieurs d'Hérouville & de Maubourg devoient protéger cette attaque de la gauche, l'un avec les Brigades de Montmorin & de Navarre, foûtenues de celles d'Auvergne & de Royal, l'autre avec celles d'Orléans & de Beauvoifis, foûtenues de celles de Rouergue & des Vaiffeaux.

Les Dragons & la Cavalerie du Corps détaché de la gauche, & la Cavalerie de l'aîle gauche devoient être en Bataille derriere toute cette Infanterie, pour foûtenir ces attaques: mais l'attaque de la gauche n'ayant pas commencé en même tems que l'attaque de la droite, ce rétardement & la connoiffance que M. le Maréchal eut que les Villages de Varoux & de Raucoux étoient garnis d'une nombreufe Infanterie, le déterminerent à diriger l'attaque des trois Colomnes fur ces deux Villages: cette précaution ne fut pas inutile. Les Ennemis
qui

qui s'y étoient retranchés dans les hayes, & qui s'y étoient foûtenus, malgré le feu de notre canon, firent une
vigoureufe réfiftance ; mais nos Bataillons animés par la préfence de M.
le Maréchal, qui étoit tranquille au
milieu du feu, franchirent les hayes
avec une valeur fans égale, & y for-
cerent les Ennemis; tout ce qui y é-
toit fut tué ou pris.   Dès que la Cavalerie des Ennemis qui s'étoit remife
en Bataille à leur gauche fur plufieurs
lignes le long de la chauffée de Tongres, fous la protection de la Redoute
de la hauteur & d'environ quatre Bataillons, vit les Villages de Varoux
& de Raucoux forcés, elle craignit, a-
vec raifon, d'être enveloppée, &
commença à faire fa retraite. M. le
Maréchal qui devoit attaquer le centre mais qui ne l'avoit pu avant la prife de Raucoux, à caufe des flancs que
ce Village & la Redoute de la hauteur
donnoient à l'Ennemi, fe couloit pour-
lors le long du Village de Raucoux,
le laiffant à gauche: il étoit fuivi de
la Brigade de Cavalerie de Royal E-
tranger, des Volontaires Royaux
qu'il avoit rapprochés, & de l'Infan-

I 4   te-

terie de la droite du Corps de Bataille.
Le deſſein de M. le Maréchal étoit de
tourner la Cavalerie des Ennemis & la
Redoute, mais s'étant apperçu qu'ils
abandonnoient leur canon pour ſe retirer plus vîte, & voyant la difficulté
de les atteindre avec ſes Troupes,
dont la marche étoit rétardée à chaque inſtant par des défilés, il ſe porta
au galop ſur la hauteur ou M. d'Armentieres arrivoit par la droite avec
les Troupes Légeres. M. le Maréchal
les lâcha ſur les Ennemis qui perdirent
encore dans cette rencontre: la Cavalerie qui faiſoit leur arriere-garde, ne
dut ſon ſalut qu'aux pélotons d'Infanterie qu'ils jetterent dans les hayes.
Notre Infanterie n'ayant pû arriver à
tems pour les y forcer ; cette arriere-
garde s'échappa à la faveur des Ravins.

Notre Cavalerie de l'aîle droite qui
s'étoit ébranlée dans le fort de l'attaque
de notre droite pour ſe porter ſur la
Cavalerie Hollandoiſe, mais ſans pouvoir aller juſqu'à elle, s'avança dans
ce moment, & ſe forma dans le Camp
des Ennemis.

L'Ennemi qui étoit dans Lier, avoit
été

été contraint de l'abandonner par le feu de notre canon : il n'y avoit laiſſé que quelques piquets qui en furent chaſſés par nos Volontaires d'Infanterie.

M. le Maréchal qui avoit pour lors ſa droite à la hauteur de Voutem rempliſſoit tout le front du Camp des Hollandois : il y avoit été joint par S. A. S. M. le Comte de Clermont, & par M. de Lowendal.

M. le Comte d'Eſtrées de ſon côté longeoit les hauteurs de la Meuſe, laiſſant Voutem à ſa gauche pour tâcher de couper à l'Ennemi toute communication avec ſes Ponts.

On avoit été averti que l'Artillerie Hollandoiſe ſe retiroit par Voutem, ſous une foible Eſcorte ; là-deſſus nos Troupes Légeres y avoient été envoyées & l'on y prit vingt-deux pieces de canon ou hautbitz avec une ſoixantaine de Chariots d'Artillerie : enfin, tout annonçoit une Victoire des plus complettes lorſque le jour nous manqua.

Pour achever néanmoins de diſſiper un Corps d'Infanterie formé en Bataillon quarré, qu'on voyoit de loin &

I 5   laiſſé

laiffé fans doute en arriere pour protéger la retraite des Fuyards; M. le
Maréchal fit avancer fur la hauteur
huit pieces de canon de feize, qui a-
yant mis ces Troupes en fuite, termi-
nerent les fuccès de cette journée.

Il n'eft pas douteux que fi l'on eût
eu deux heures de jour de plus, l'Armée des Alliés n'eût été entiérement
détruire, la Bataille même n'avoit été
donnée que dans cette confiance :
mais des incidens finguliers fixerent
les avantages aufquels nous devions
nous attendre.

Une partie de l'Armée Alliée fe retira dans le Camp des Romains, fur la
Montagne S. Pierre : le refte paffa la
Meufe dans la nuit dans la plus grande confufion, les Ponts même caffe-
rent, & la plûpart de leurs bleffés qui
étoient fur des Chariots fe noyerent :
notre Armée paffa la nuit dans la pofition où elle fe trouva au déclin du
jour, fa droite à la Meufe

M. le Maréchal fit partir tout de
fuite Meffieurs d'Armentieres & d'Ef-
pagnac pour porter au Roi la nouvelle de cette Victoire ; les Ennemis perdirent dans cette Bataille fept mille
tués

tués ou bleſſés & trois mille Priſonniers, cinquante piéces de Canon & dix Drapeaux ; notre perte, ſuivant les états remis par les Majors des Corps, n'alloit pas à trois mille hommes hommes tant tués que bleſſés : nous n'y avons perdu d'Officiers de marque que M. de Fenelon, Lieutenant Général bleſſé à mort d'une grappe de raiſin à l'attaque du Village de Varoux ; Meſſieurs le Prince de Monaco, de Laval, Bonnaventure, Montmorin, Ségur, Lugeac, Baſleroy, Vaubecourt, Bezons, la Tour d'Auvergne & Prince de Guyſe, Brigadiers ou Colonels furent bleſſés : mais pas un d'eux n'eſt mort de ſes bleſſures.

Les ſuccès de notre Infanterie qui a fait dans cette Bataille des prodiges de valeur, ont juſtifié que rien n'eſt capable de lui réſiſter, quand elle ſe ſert de la Bayonette, la ſeule arme qu'elle a employée à l'attaque des Villages de Varoux & de Raucoux.

Je ſens mon inſuffiſance pour exalter dignement l'intrépidité avec laquelle S. A. S. M. le Comte de Clermont a conduit les Troupes des Corps dé-

détachés de la droite: cette même raifon me difpenfe de faire l'éloge de Meffieurs les Officiers Généraux qui ont été chargés des attaques, ou du détail de cette journée.

L'on n'a pû concevoir pourquoi M. le Prince Charles nous a attendu: ayant renvoyé la veille fes Equipages de l'autre côté de la Meufe; il ne tenoit qu'à lui de la faire paffer à fes Troupes dans la nuit du 10. au 11. Cela paroiffoit d'autant plus vraifemblable, qu'en repaffant cette Riviere, il nous engageoit à nous en aller dans nos quartiers; au moyen dequoi nous lui laiffions la liberté de s'établir dans Liege & dans les environs: car il devoit bien fe douter que M. le Maréchal ne vouloit pas hyverner de ces côtés-là: prend-on en effet des quartiers d'hyver fans protection vis-à-vis un Ennemi qui peut déboucher deffus par trois Ponts, tels que ceux de Maftricht, Ruremonde & Venlo; l'on ne fçauroit, ce me femble, attribuer la témérité de M. le Prince Charles qu'à la préfomption que nous n'oferions l'attaquer, peut-être auffi à une politique rafinée de vouloir picquer les Alliés au jeu & de perpétuer

tuer ainſi la guerre, ſeul objet qu'a la Reine de Hongrie.

Les Bavarois, les Anglois, les Hanovriens, les Heſſois & les Hollandois furent les ſeuls ſur qui tomba toute la perte, l'on ſçait que les premiers n'étoient arrivés que depuis deux jours.

Le 12. au matin l'on s'apperçut que les Ennemis avoient repaſſé la Meuſe: M. le Maréchal avant de ſe retirer, alla faire un tour dans la ville de Liege: il laiſſa ſur le champ de Bataille M. le Chevalier de Belliſle avec ſix mille hommes pour aſſûrer le tranſport des bleſſés, enſuite dequoi l'Armée fut reprendre ſes tentes au Camp d'Othey & revint à celui de Tongres.

Le lendemain de ſon retour à Tongres, M. le Maréchal étant allé à la Commédie y fut reçu aux applaudiſſemens de tous les Officiers de l'Armée.

M. de Valfont Ayde-Major Général, fut envoyé au Roi avec le détail de la Bataille: M. le Vicomte de Rohan fut chargé de porter à Sa Majeſté les Drapeaux qui y avoient été pris.

L'Armée arrivée à Tongres, treize Bataillons & neuf Eſcadrons, y compris

pris les cinq du Régiment d'Asfeld, partirent pour se rendre en Brétagne: l'on envoya en même tems dans les Places Maritimes de la Flandre quelques Bataillons pour remplacer les six Irlandois qui devoient prendre la même route. Messieurs de Contade, de S. Perne & de Coetlogon nommés pour commander les Troupes destinées pour la Brétagne, avoient ordre de s'y rendre en poste.

Peu de jours après : le déblai des blessés étant fait, & tout étant arrangé avec les Alliés pour la sûreté mutuelle des malades obligés de rester dans Tongres & dans Saint Tron, les Troupes commencerent à se mettre en marche pour se rendre dans les quartiers d'hyver.

La Brigade des Gardes, la Maison du Roi & la Gendarmerie partirent de l'Armée du 16 au 17 pour Saint Tron, d'où ces Corps devoient continuer leur route pour se rendre chacun à sa destination.

Les Troupes désignées pour les Evêchés & pour l'Alsace & celles qui devoient hyverner dans Namur, Charleroy & le long de la Meuse jusqu'à Givet

et se mirent en marche deux jours
après sur deux divisions, & à un jour
e distance pour se rassembler sous Namur, d'où les unes entrerent dans
eurs quartiers : les autres partirent sur
quatre Colomnes à deux jours d'inter-
alle l'une de l'autre, pour aller en cam-
pant jusqu'à Mezieres, ou chaque Régiment trouva une route particuliere
le la Cour.

Toutes les Troupes déstinées à hyverner dans le Haynault, la Flandre
& partie du Pays conquis, se mirent
en marche le 20 du mois pour aller
camper ce même jour endeça de S.
Tron, d'où s'étant rendues le 21. à
Tirlemont, elles arriverent le 22. à
Louvain : la moitié de ces Troupes en
partit le 24. pour aller dans ses quartiers : le 25. l'Armée fut entiérement
séparée.

M. le Maréchal arriva le 24. d'Octobre à Bruxelles : il comptoit en partir le premier de Novembre, mais sur
les nouvelles qu'il eut que M. le Prince Charles étoit toûjours à Mastricht,
& même qu'il y avoit encore des Troupes des Alliés campées sous cette Place, M. le Maréchal jugea à propos
de

de différer jufqu'à ce que l'Armée des Alliés fût féparée, ou qu'il fût affûré du départ de M. le Prince Charles.

M. le Maréchal ne put partir de Bruxelles que le 11. Il arriva le 14. à Fontainebleau, où il fut reçu du Roi avec ces marques diftinguées de bonté & de bienveillance dont le Roi l'honore.

Il rendit compte à Sa Majefté des arrangemens qu'il avoit faits pour raffembler les Troupes de Flandre, au cas que les Ennemis vouluffent profiter de fon abfence pour y tenter quelque chofe. Il n'a pas paru jufqu'à ce jour qu'ils ayent rien projetté, leurs précautions femblent au contraire faire connoître qu'ils craignent plutôt qu'on n'en veuille à quelqu'un de leurs quartiers.

Fin du Journal.

BULLETINS

Du Siége de la Citadelle d'Anvers.

LA nuit du 25. Mai au 26. la Tranchée a été ouverte par trois mille six cens Travailleurs, sous la protection de onze Compagnies de Grénadiers, soûtenus de trois Bataillons aux ordres de M. de Thomé Maréchal de Camp.

Les Travailleurs ont débouché sur les neuf heures du soir sur trois files : la premiere a appuyé son travail au pied du glacis de la porte Saint-Jory, la deuxiéme a traversé tous les jardins & les Broussailles qui sont en avant du glacis de la capitale du Bastion de Tolede, la troisiéme a porté son travail en avant du Village de Kiel, & a fermé la gauche de la paralelle par une Rédoute.

Tous les Travailleurs ont été placés

K

cés fur le terrein avant dix heures &
enterrés à minuit. L'Ennemi a tiré
quelques coups de Canon & des Pots-
à-feu à la droite, au centre & à la
gauche: nous n'y avons eu que deux
hommes de tués & même nombre de
bleffés.

Du 27. *Mai.*

L'on a débouché la nuit derniere de
la Parallele par la droite & le centre;
le Boyau de la droite a été s'appuyer
au Chemin-couvert de la communication de la Ville. Le Boyau du centre
marchant fur la gauche du Baftion de
Tolede, eft retourné à gauche vers
la Rédoute, pour faire une feconde Parallele que l'immenfité du Travail a
empêché de finir cette nuit.

On a travaillé avec toute la diligence poffible à deux Batteries de dix
Mortiers qui tireront à midi: l'on a
commencé fur la droite une Batterie
de huit piéces de Canon, & fur la
gauche une de fix. Les Ennemis ont
tiré des Bombes & des Pots-à-feu.
Leur moufquetterie a duré quatre heures; ils ont fait hier dans la journée
un

un grand feu, fur-tout après midi que
S. A. S. M. le Comte de Clermont a
été vifiter les travaux.

Etat des Soldats tués & bleffés.
   Tués   Bleffés.
    3.   4.

Du 28. *Mai.*

Le feu de l'Artillerie des Ennemis
a été très-vif pendant la journée du
28. Ils l'ont dirigé fur nos Batteries
de Mortiers qui tiroient dès les neuf
heures du matin, & fur deux Batteries de Canon auxquelles ils voyoient
travailler; leurs Bombes ont dérangé
une de nos Batteries, elles ont mis
le feu à un Baril de poudre qui a tué
deux hommes & en a bleffé quatre.

A l'entrée de la nuit, les Ingénieurs ont débouché par trois endroits,
ils ont pouffé par la droite quatre zigzagues: ils fe font portés au centre fur
la capitale de la Demi-Lune: ils ont
pouffé une Sappe à la gauche qui cou-
vre & enveloppe la Rédoute.

Malgré le grand feu des Ennemis
                K 2   no-

notre Travail n'a point été inter-
rompu.

Etat des Soldats tués & bleſſés.
Tués   Bleſſés
3.   20.

L'on a raccommodé la Batterie de
Bombes & l'on a commencé une troiſiéme Batterie.

Du 29. *Mai.*

Le feu de l'Artillerie des Ennemis
s'eſt ſoûtenu toute la journée d'hier
avec la plus grande vivacité ; ils ont
battu ſi vivement en brêche notre Batterie de huit piéces qui étoit à la droite , qu'elle a été ſur la fin de la journée
hors d'état de tirer, quoiqu'il n'y eût
néanmoins rien d'endommagé que le
Parapet.

Le travail a débouché par trois endroits, & celui de la droite a été pouſſé juſqu'aux Paliſſades du Chemin-couvert ; nos Travailleurs y ont pris trois
tentes que les Ennemis avoient laiſ-
ſées ; la gauche a été pouſſée à ſept à
huit

huit toifes du Chemin-couvert fur l'Angle du Baftion de Paciote.

Nous avons tiré beaucoup de Bombes la nuit, elles paroiffent avoir démonté la Batterie des Ennemis qui avoit fait taire la nôtre, puifqu'elle ne tire plus; l'on a rétabli la Batterie de Canon endommagée, & on a perfectionné la troifiéme de quatre piéces.

Etat des Soldats tués & Bleffés.

Tués	Bleffés
2.	13.
	2. Officiers.
	15.

Du 30. *Mai.*

Le feu a été cette nuit à peu près auffi fort que les autres: les Ennemis ont profité du tems que les quatre piéces de vingt-quatre arrivoient pour redoubler, parce que pendant ce tems-là nos Bombes ne tiroient point.

On a fait cette nuit un débouché à la droite vis-à-vis la Capitale du Baf-

K 3   tion

tion de Tolede , on a prolongé les
deux autres à la droite & au centre,
longés sur le Chemin-couvert; on en
est à la gauche à douze ou quinze toises.   La nouvelle Batterie à Bombes
sera composée de six Mortiers qu'on a
retirés des deux autres Batteries; on
les a remplacez par deux Haubitz.
Cette Batterie à ricochet tirera à sept
heures, celle de huit piéces est entiérement rétablie & doit tirer à six
heures.

Le feu a pris à deux heures & demie dans la Citadelle , ce qui les a
fait cesser de tirer; ce feu après s'être
appaisé, a recommencé de bruler à cinq
heures du matin.

Etat des Soldats tués & blessés.

Tués   Blessés

4.   12.

        2. Officiers d'Artillerie.
        ─────────
        14.

Du 31. *Mai*.

Toutes nos Batteries de Bombes &
de Canon tirerent hier avec tant de
                                    suc-

fuccès que le feu des Ennemis fut préf-
qu'éteint & qu'ils n'eurent que cinq
ou fix piéces dont ils tiroient de tems
en tems fur la tête de nos Sappes : le
Chemin-couvert étant abandonné & S.
A. S. ayant ordonné qu'on s'y loge-
roit, les Ingénieurs débouchèrent des
Sappes fur les dix heures du foir par
trois endroits, droite, centre & gauche ; les Travailleurs s'établirent affez
tranquillement, mais fur les onze heures il fortit un feu fi violent des deux
Baftions & de la Démi-Lune qu'il
s'y mit un peu de défordre, & que
l'ouvrage projetté ne put être éxecu-
té en fon entier ; La nuit fort courte &
fort claire a été le principal obftacle,
joint à ce que plufieurs Ingénieurs
chargés de la conduite de ce Travail
ont été bleffés ; le couronnement du
Chemin-couvert de la Demi-Lune eft
fait dans fon entier, celui du Baftion
dè Tolede eft imparfait dans les deux
flancs, & il peut refter vingt-cinq toifes en arriere qu'on fera dans le jour à
fappe pleine.

Tout le travail de la nuit a befoin
d'être élargi & approfondi : fept cens
Travailleurs font employés à cette bé-

fo-

fogne, & on efpere qu'il fera achevé
& perfectionné avant la fin du jour.

Etat des Soldats tués & bleſſés.

Tués	Bleſſés
1. Capitaine.	2. Officiers.
15. Soldats.	4. Ingénieurs.
	37. Soldats.
16.	43.

RÉCAPITULATION

Du nombre d'Hommes qui ont été tués &
bleſſés au Siége de la Citadelle d'Anvers.

Mai	Tués	Bleſſés
1746. du 26	2	2
du 27	3	4
du 28	3	20
du 29	2	15
du 30	4	14
du 31	16	43
	30	98

Le 31. au matin le Commandant de
la Citadelle a arboré le Drapeau blanc
& la Capitulation a été fignée le premier

mier Juin; la Garnifon a obtenu les honneurs de la Guerre.

BULLETINS

Du Siége de la Ville de Namur.

LA Tranchée a été ouverte du 12. au 13. Septembre devant la Ville de Namur; toutes les Troupes ont été remuées avec un ordre admirable, & le travail a eu un fuccès merveilleux jufqu'à fix heures du matin fans avoir perdu un feul homme; ce travail a eu trois objèts différens; l'on a fait d'abord une Parallele fur la baffe Meufe; enfuite une feconde Parallele vis-à-vis un Ouvrage à Corne fous le nom de Rédoute du Coquelet; enfin, une grande Ligne du côté de la Meufe à peu près Parallele à la rive droite de cette Riviere: la premiere Parallele qui appuye à fa rive gauche n'eft qu'à environ deux céns toifes de la paliffade; celle vis-à-vis le Coquelet à quatre-vingt toifes, & la Ligne à

peu

peu près parallele à la rive droite, dé-
borde les Ouvrages du nom de baſſe
Meuſe.

Précédemment à cette premiere,
bonne, & heureuſe Opération, S. A. S.
a fait établir cinq Batteries qui toutes
tirent & portent la plus vive inquiétude à la Garniſon & à la miſérable
Bourgeoiſie. Deux de ces Batteries
du côté de la baſſe Sambre ſont diri-
gées ſur les Ouvrages du Château &
ſur ceux de la Ville; deux autres Batteries tirent ſur les Rédoutes de la
droite & la cinquiéme ſur tous les
Ouvrages de la baſſe Meuſe; une Batterie de Mortiers viendra ce matin ſe
mêler à tout ce premier bruit d'Artillerie qui ſe fait déjà entendre.

Le Prince, chez qui la ſanté n'eſt
pas encore raffermie, a voulu être té-
moin de l'ouverture de la Tranchée
dont on vient de rendre compte; il
avoit été ſe promener précédemment
dans les environs de la Place pour reconnoître par lui-même qu'elle en devoit être la véritable attaque.

Du

Du 13. *au* 14. *Septembre.*

Quelques éclats de Bombe, ou quelque coup malheureux de la Place, ont coûté quinze ou vingt Soldats bleſſés ou tués.

Il s'eſt conſtruit dans le jour d'hyer une nouvelle Batterie de dix piéces de Canon qui tirent ce matin, & qui ajoûtées aux précédentes & à une de ſix Mortiers, fait entendre un auſſi grand feu que ſi le Siége étoit commencé depuis huit jours ; en rappellant le calcul qu'on a donné, on verra déjà devant Namur cinquante-quatre bouches à feu toutes allumées, & qui ont aſſez impoſé à l'Artillerie de la Place pour n'en plus entendre que quelques piéces fugitives promenées ſur les remparts ç'a & là. Le vieux Gouverneur de la Place en ſortit hyer ſous prétexte de ſon grand âge.

Le travail pendant cette nuit derniere avoit eu des objèts différens, & qui tous ont été parfaitement remplis ; ils conſiſtoient dans la partie d'outre Meuſe, en une Ligne qui pinçât l'Angle du petit Ouvrage à Corne ſur ſes bords :

bords: dans la partie en-deçà, en Zigzagues fur la Rédoute du Coquelet,
pour y établir quelques nouvelles Batteries, & en une feconde Communication pour arriver dans les Ouvrages
d'en- bas.

Le feu pendant cette nuit a été affez vif, fans avoir coûté que vingt-
fept Soldats bleffés ou tués, un Officier & un Ingénieur.

Arrêtés par des confidérations pour
l'Artillerie à laquelle il a fallu céder
pour le jeu de fes Batteries dans la
premiere Paralelle entre la Meufe &
les hauteurs du Coquelet, on n'a pas
travaillé cette nuit aux Ouvrages de
cette partie; mais on ne tardera pas à
fe dédomager: on s'en eft tenu pendant cette même nuit à pouffer la
deuxiéme Parallele d'outre Meufe, à
l'appuyer fur les bords de cette Riviere, à conduire les Zigzagues fur la
Rédoute du Coquelet jufques tout près
fon Angle faillant, à allonger les Cro-
chets fur les hauteurs à gauche de
cette Rédoute, à former les Communications des Ouvrages fur cette hauteur à ceux devant le Coquelet, &
à embraffer par une Ligne affez éten-
due

due, la hauteur qui domine le Fort du
Balard à gauche de celui du Coquelet ;
l'exécution de tout ce travail a paſſé
les eſpérances, que par les diſpoſitions
on avoit droit d'en attendre ; il y a
plus, c'eſt que dans la partie d'outre
Meuſe, on s'eſt emparé d'un Ouvrage appuyé ſur les bords de cette Riviere, qu'on s'y eſt logé, & qu'on y
a fait cent onze Priſonniers, un Ingénieur & quatre Officiers : autant cet
Ouvrage s'eſt fait ſentir incommode,
autant ſon enlévement à fait plaiſir ;
on laiſſe à d'autres le détail de ce petit événement ; il y a trois Batteries
d'augmentation à celles déſignées ci-
devant, deux de Canon de huit piéces, la troiſiéme de ſept Mortiers ;
toutes tirent ce matin.

Cette nuit à coûté trois Soldats tués
& vingt-deux Soldats ou Sappeurs bleſſés.

Du 14. au 15. Septembre

L'Artillerie fit hyer entendre le
bruit le plus vif & le plus ſoûtenu ſur
la Place aſſiégée ; il augmentera aujourd'hui par celui de deux Batteries,
une

une de six Canons & une de sept à huit
Mortiers dans les Tranchées d'outre
Meuse; on doit cette justice, de dire en faveur de ceux qui composent
ce Corps d'Artillerie, qu'il n'a jamais
montré ailleurs plus qu'ici d'activité.

Les Travailleurs & les Sappeurs
ont été employés partie aux travaux
d'outre Meuse, le surplus à la Tranchée en-deçà ; ceux-ci d'outre Meuse, à faire une Communication de la
seconde & troisième Parallele, à un
Logement sur la Contrescarpe gauche de l'Ouvrage enlevé la nuit du 14
au 15., & à une Prolongation avec
retour le long de la Riviere à gauche
de l'Ouvrage, de vingt-cinq à trente
Toises ; ceux d'en-deçà Meuse, entre
cette Riviere & les hauteurs du Coquelet, à coëffer l'Angle saillant du Chemin-couvert de la Rédoute de ce nom
de Coquelet de deux Cavaliers, ensuite à pousser par une marche de
quinze Zigzagues l'Ouvrage sur la
hauteur jusqu'à peu près vingt toises
de la Barriere sur le chemin de communication entre cette Rédoute du
Coquelet & celle du Balard ; enfin à
jetter une grande Ligne jusqu'à environ

ron quarante à cinquante Toifes du
Chemin-couvert du Corps de la Place;
tous ces Ouvrages qui ont bien répon-
du aux progrès des nuits précédentes
ont coûté un Officier d'Artillerie tué
& un bleffé, deux Sappeurs tués &
quinze Soldats bleffés, M. Filley le
Fils, Ingénieur, a été auffi bleffé en
entrant dans la Tranchée.

Du 16. au 17. Décembre.

La Rédoute du Balard, celle qui pouvoit le plus incommoder la Tranchée,
fut prife & enlevée hier fans qu'elle
ait coûté, & les Troupes qui la dé-
fendoient au nombre d'environ cinquante hommes Officiers & Soldats,
ont été faits Prifonniers de guerre.

Le Prince retenu par fon amour
pour la confervation des Hommes a
réfifté conftamment dans cette journée d'hier au projet d'enlever de vive
force un Avant-Chemin-couvert au devant du Ruiffeau qui coule aux pieds
des glacis du Corps de la Place; S.
A. S. pour ne pas prodiguer le fang,
à mieux aimé ordonner qu'on fe mît
à portée d'établir des Cavaliers de
Tran-

Tranchée, pour par leur supériorité
déloger les Ennemis de dedans cet
Avant-Chemin-couvert, & a préferé
cette conduite au brillant d'une Action qui n'eût pas manqué de coûter,
& à laquelle S. A. S. sera toûjours
en état de revenir, si les obstacles se
multiplioient: ces obstacles ne se mul-
tiplieront pas, on a lieu au moins de
l'espérer : car non seulement on est
à portée des Cavaliers de Tranchée,
mais ces Cavaliers sont commencés
& établis & cet Ouvrage est très-
bien.

Dans les autres parties sur les hauteurs on est sorti des Sappes & Logemens, pour insensiblement arriver à
une Ligne projettée, parallele à la gorge de la Rédoute du Balard ; ce travail a
eu aussi assez de succès.

A l'outre Meuse on a prolongé de
vingt-cinq à trente toises le Crochet qui
terminoit le Logement gauche de Contrescarpe de l'Ouvrage ; il s'est fait
dans ce Logement de Contrescarpe une
nouvelle Batterie de six pieces de Canon, pour battre en brêche le Corps de
la Place du côté de la Meuse; cette
nuit

nuit & la journée d'hyer ont coûté dix
Soldats tués & vingt de bleſſés.

Du 17. au 18. Septembre.

On obmit hyer de rendre compte d'u-
ne fougaſſe ſous l'Avant-Chemin-couvert, ſur lequel ont été portés les deux
Cavaliers de Tranchée, mais qui n'a
fait aucun mal; on a auſſi oublié de
parler d'une Batterie de deux Canons
dans la Tranchée d'outre Meuſe, deſtinés à frapper ſur le Fort de la Jambe
à la tête du Pont! & d'un Ingénieur,
le Chevalier d'Aché, qu'on a cru perdu, mais qui s'eſt retrouvé contuſioné
en deux endroits.

Depuis les Cavaliers & Logemens
faits ſur l'Avant-Chemin-couvert d'en-
deçà la Meuſe dont on a parlé hyer,
il eſt aiſé de comprendre que l'Ouvrage de cette nuit a conſiſté en Prolongation de ces Cavaliers & Logemens
pour couronner cet Avant-Chemin-
couvert; il l'eſt à gauche juſqu'à la Meuſe, à droite juſqu'au Ruiſſeau de Ver-
drin, mais ſans que l'Ouvrage en langue de ſerpent, que cet Avant-Chemin-
couvert embraſſe, ſoit encore abandonné.

I.   Dans

Dans les parties fur les hauteurs du Coquelet, & celles d'outre Meufe, on s'en eft tenu à perfectionner les Ouvrages des nuits précédentes, & à continuer auffi la Communication fur les hauteurs; c'étoit tout ce que ces Ouvrages demandoient. Huit à dix hommes ont été tués ou bleffés, un Ingénieur, M. l'Archer, vient d'être bleffé d'un coup de fufil fur le haut de la tête: M. de Caux, auffi Ingénieur, en a été quitte pour un chapeau percé; celui a qui on avoit coupé le bras, M. de la Mareniere, vient d'expirer.

Du 18. au 19. Septembre.

S. A. S. inftruite que les Batteries d'outre Meufe avoient ouvert la Place vers l'Angle de l'Enveloppe du Corps de la Place du côté de cette Riviere; inftruite d'ailleurs qu'il regnoit une langue de terre le long de cette Riviere, depuis la Tranchée jufqu'à cette Enveloppe, ordonna hier que douze Compagnies de Grénadiers foûtenus de douze autres, entreroient à l'entrée de la nuit dans cette même Enveloppe, & que le Logement s'en feroit à la gorge, depuis la brêche jufqu'à la chauffée de Saint

Saint Nicolas, & donna par écrit les dispoisitons d'une Attaque sans exemple, en ce qu'il n'est jamais arrivé devant aucune Place qu'elle ait été enlevée comme ici, pour ainsi dire, avant qu'on ait pensé à se débarasser de Ouvrages extérieurs.

A neuf heures du soir : le projet médité par le Prince a été exécuté dans tout l'ordre possible, & a réussi avec encore plus de succès qu'on n'osoit s'en attendre : les premieres douze Compagnies de Grénadiers sont entrées dans l'Ouvrage, où rien ne leur a résisté ; elles y ont pris poste ; un Logement étendu & spacieux s'y est fait, après quoi ayant ouvert les portes de la Demi-lune & de la Courtine, la Communication s'est trouvée toute faite par la chaussée ; ce qui s'est rencontré dans la Demi-lune & Chemin-couvert ensuite de cette expédition, & qui n'avoit pû joindre encore la Porte de Fer, a été fait Prisonnier de guerre au nombre de trois cens hommes avec ce qui avoit été pris dans l'Ouvrage.

Un bonheur si inespéré & qu'on aura peine à croire, a sans doute appartenu aux bonnes dispositions ; mais l'e-

L. 2   xé-

xécution & le bon ordre eſt bien dû à M. de Lowendal qui a paſſé la nuit à la Tranchée auprès de M. de Bauffrémont, Maréchal de Camp de Tranchée, qui de ſon côté a concouru de ſon mieux à tout le bon ordre de l'Action; cette Action qui pouvoit tout faire craindre pour la vie des Hommes à coûté au plus cent Hommes tués ou bleſſés.

Le Commandant a arboré le Drapeau blanc à midi, l'on ne tirera point juſqu'au 22. Délai accordé à la Garniſon pour entrer avec ſes effèts dans les Châteaux.

RÉCAPITULATION.

Du nombre des Officiers & Soldats qui ont été tués ou Bleſſés pendant le Siége dela Ville de Namur.

	Tués	Bleſſés
Du 13 Sept. 1746.	6	14
du 14	2	30
du 15	3	32
du 16	3	16
du 17	10	20
du 18	6	7
du 19	45	60
	75	179

BUL.

BULLETINS

Du Siége des Châteaux de Namur.

L'Ouverture de la Tranchée s'eſt faite à huit heures du ſoir ; la nuit du 24. au 25. Septembre il y a eu deux Attaques en même tems : l'Attaque de la gauche embraſſe le front du Fort d'Orange à la branche Parallele aux aſſiégés, & une partie du Fort de Terra-Nova du côté de la Ville. Nous y avons perdu un Officier, & trois Soldats tués ou bleſſés.

La deuxiéme Attaque à la droite en avant & ſur les hauteurs du vieux mur vis-à-vis du Baſtion Camus, a été portée très-près du Chemin-couvert dudit Ouvrage ; les Ennemis ont fait un feu de Mouſqueterie très-vif : nous y avons eu M. de Flobert, Ingénieur Eſpagnol, bleſſé d'un coup de fuſil au corps, deux autres Officiers bleſſés,

L 3   quin-

quinze Soldats tués & foixante-feize de bleſſes.

Du 25. au 26. Septembre.

Le travail dicté par S. A. S. pour cette nuit du 25. au 26. a conſiſté à l'attaque de Salſinne en quatre débouchés de la grande Paralelle qu'on monta hier ; le premier pour déborder du côté de Terra-Nova, une Lunette crénellée ſur la Sambre, & ſon Chemin-couvert ; le deuxiéme pour marcher à un Rétranchement en avant d'une Rédoute ſur la droite du Fort d'Orange ; le troiſiéme pour ouvrir une marche à un Rétranchement, en zigzague ſur la pointe du flanc droit de ce Fort d'Orange ; & le quatriéme pour donner à l'Artillerie un emplacement propre à frapper ſur les parties baſſes de Terra-Nova du côté de la Ville : à l'attaque du vieux Mur ou Fort d'Orange, en une Prolongation de Paralelle à la droite, juſqu'à un Ravin où elle s'appuyeroit ; & à la gauche, juſqu'à ce qu'une deuxiéme Rédoute fût débordée.

Tout

Tout a été exécuté à l'Attaque de Salsinne par une Ligne sur la gauche de deux-cens soixante Toises de long, qui s'appuye à la Sambre; par une Ligne sur la droite de deux-cens trente Toises: dans le centre, par une ouverture de marche en Zigzague qu'on n'a pû pousser que jusqu'à quatre branches; & à gauche de ce centre, par une autre Ligne propre à l'emplacement demandé pour les Batteries: à l'Attaque du Fort Camus par les Prolongations projettées de Paraléles sur la droite de soixante-dix-Toises, & sur la gauche de soixante-douze.

Le feu dans cette partie du Fort Camus a été vif, & a coûté sept ou huit Hommes tués. & trente-six à trente-sept blessés: dans l'Attaque de Salsinne trois Hommes seulement ont été frappés.

Du 26. au 27. Septembre.

Tout le travail ordonné pendant cette nuit, du 26. au 27. a eu tout le succès qu'on pouvoit attendre, & à consisté à l'Attaque de Salsinne: sur la droite; dans le Prolongement de

I 4

Li-

Ligne dirigée pour jonction des deux
Attaques; fur la gauche; dans un nouvel emplacement pour rapprocher
les Batteries, & dans une troifiéme
Ligne appuyée encore à la Sambre,
pour approcher de Terra - Nova du
côté de la Ville encore plus près; au
centre; dans les fix Branches de Zigzagues qui commencent à bien voifi-
ner le Chemin-couvert devant le De-
mi-Baftion droit du Fort d'Orange.

A l'Attaque du Fort Camus: le travail qui a réuffi avec le même fuccès,
a confifté fur la droite de ce Fort, en
une marche de trois Branches de Zigzagues fur un des Angles du Chemin-
couvert: fur la gauche en Prolongation de la Parallele pour parvenir à la
jonction des deux Attaques, & au
centre en une fape débout fur l'Angle le plus faillant d'une place d'Armes à gauche du Fort Camus; cette fape-
débout n'eft qu'à trois ou quatre toifes de la paliffade.

L'attaque de Salfine a coûté pendant cette nuit du 26. au 27. deux Sa-
peurs tués, trente-quatre Soldats ou
Travailleurs bleffés; dans ce nombre
des bleffés fe trouve M. de Sahures
In-

Ingénieur, qui l'eſt conſidérablement.

L'Attaque du Fort Camus a coûté environ cinquante à ſoixante hommes tués ou bleſſés; dans le nombre des tués ſe trouve un Ingénieur, M. de Vaubrun: depuis ce Bulletin écrit, on apprend que deux Batteries, l'une de ſix Mortiers & l'autre de quatre Pierriers établis dans la Parallele du Fort Camus, tirent ce matin.

Du 27. au 28. Septembre.

L'on a débouché par trois endroits différens à l'attaque de la Balance.

A la gauche; l'on a pouſſé un boyau à ſape double de ſoixante toiſes, partant de la demie Parallele, & avançant entre le Fort d'Orange & Terra-Nova.

Cet Ouvrage étant enfilé par le feu du Château, on a fait dix-huit traverſes tournantes.

Au centre; on a pouſſé un zigzague qui n'eſt éloigné que de trois toiſes de la Paliſſade; on y a attaché les Mineurs dont l'ouvrage ſera fort lent, parce qu'ils n'ont trouvé que du roc.

A la droite; on a prolongé le tra-

L 5   vail

vail jufqu'à la Barriere des paliffades près de la Parallele du centre; vers laquelle on a pouffé quelques zigzagues; les Ennemis ont mis fur la gauche le feu à quelques barils de poudre qui n'ont bleffé perfonne, elles nous ont démonté une piece qui eft retablie.

A l'Attaque du Fort Camus: l'on a débouché par la droite par un boyau qui longe la branche du Chemin-couvert du Fort, & pince l'Angle de la Capitale: cet Ouvrage eft d'environ trente-fix toifes.

Les Pierriers & Mortiers qu'on a établis dans cette partie ont fort ralenti le feu des Ennemis, auffi y avonsnous perdu beaucoup moins de monde que la nuit précédente: cinq Officiers bleffés & un de tué, vingt-fept Soldats bleffés & deux de tués.

Du 28. au 29. Septembre.

S. A. S. après avoir épuifé tous les moyens qu'elle avoit crû néceffaires pour éviter un coup de main fur le Chemin-couvert du Fort Camus, projetta hier d'enlever de vive force ce che-

Chemin-couvert, & en dicta elle-même la difposition, fuivant laquelle quatre Compagnies de Grénadiers fur la droite & cent Volontaires qui avoient ordre de prendre les derrieres, parurent en même tems & à la fois fur ce Chemin-couvert, pendant que quatre Compagnies fur la gauche vinrent affaillir au même inftant, à neuf heures du foir, les parties de ce Chemin-couvert qui étoient devant elles, & la Rédoute à gauche du Fort Camus.

La réfiftance n'a été vive dans aucun endroit; la Rédoute feule paru vouloir chicaner, mais elle n'a pas tardé de céder à l'impétuofité des Grénadiers qui pour entrer fe prêtoient les épaules les uns aux autres. Pendant que tout ceci fe paffoit, les Ingénieurs occupés des Logemens ont couronné une partie du Chemin-couvert, & l'ont defcendu à la droite & à la gauche; à la droite pour porter une Ligne en avant qui fervît de flanc à cette partie: & à la gauche pour porter de même une Ligne qui paffât par la gorge de la Rédoute enlevée, & qui, prolongée jufqu'à un Rétran-

che-

chement abandonné, fervît auffi de flanc à cette partie, l'affurât & pût intercepter la Communication au Fort Camus.

Tant de travaux dans une même nuit, une marche continuée en zigzagues fur le Baftion droit du Fort d'Orange, une attaque de l'efpece de celle qu'on vient de montrer, ont coûté un Officier tué, huit bleffés, & quatre-vingt quatre Soldats bleffés.

Mais on en eft un peu dédommagé par trente Prifonniers qui ont été faits cette nuit, & par la confidération de ce que le détail eût encore coûté de fang.

Un deuxiéme projet avoit été mis fur le tapis en même tems que celui-ci; il a été même tenté, mais les obftacles s'étant multipliés, il n'a fervi qu'à faire admirer la prudence & la modération de l'Auteur qui pour ne rien rifquer mal à propos, s'eft arrêté à la vûe du premier inconvenient; l'avanture qu'il avoit méditée étoit grande & digne de lui, elle n'a pas été heureufe, mais perfonne ne dira qu'elle ait été malheureufe.

On revient à fon objet pour parler
de

de l'Artillerie qu'on a oubliée depuis quelque tems devant les Châteaux de Namur, & dire que cent douze bouches à feu vomiffent un feu continuel fur ces Châteaux.

On a fçu que pendant la nuit dernière le Gouverneur avoit fait demander à Namur à M. le Comte de Lowendal de pouvoir lui envoyer un Officier Major, pour lui communiquer quelque chofe de conféquence ; cet Officier Major a paru, mais fans que jufques-là on fache ce qu'il a propofé.

Du 29. au 30. Septembre.

Le principal Ouvrage de la gauche qui a été éxécuté confiftoit dans l'enlevement de l'Avant-Chemin-couvert au dedans de la branche gauche du Fort d'Orange, d'où les fappes n'avoient pû déloger les Ennemis ; ils n'ont pas tenu à l'approche des Grénadiers qui y ont fait cinquante-fept Prifonniers, un Capitaine & un Lieutenant, & fur le champ le Logement fur cet Avant-Chemin-couvert a été fait.

Un

Un deuxiéme Ouvrage encore fur la gauche, ordonné le long de la Sambre jufqu'à fon entrée dans la Ville, a été auffi éxécuté ainfi qu'il avoit été pro- jetté; de l'extrémité de cette nouvelle Ligne on découvre une Communication des Ennemis.

Le travail de la droite a été auffi heureux.

On a trouvé le Fort Camus aban- donné, & l'on a commencé une Com- munication de la gorge de ce Fort Camus en zigzagues fur la branche droite du Fort d'Orange; cette nuit a feulement coûté dans l'attaque de l'A- vant-Chemin-couvert, & tous les au- tres Ouvrages, quarante à cinquante hommes plûtôt bleffés que tués; le Commandant des Châteaux ayant ar- boré le Drapeau blanc: la Capitula- tion a été fignée, & la Garnifon eft Prifonniere de guerre.

RE-

RECAPITULATION

Des Officiers & Soldats qui ont été tués &
bleſſés au Siége des Châteaux de Namur.

	Tués	Bleſſés
du 24	15	79
du 25	8	37
du 26	2	35
du 27	1	7
du 28	1	92
du 29	10	40
	37	190

F I N

AVIS

AVIS au RELIEUR.

BERIGHT aan den BOEKBINDER.